온후 퓨전 판타지 장편소설

WISHBOOKS FUSION FANTASY STORY

# 거신 사냥꾼 3

온후 퓨전 판타지 장편소설

초판 1쇄 찍은 날 | 2018년 1월 8일
초판 1쇄 펴낸 날 | 2018년 1월 15일

지은이 | 온후
펴낸이 | 예경원

기획 | 위시북스
편집책임 | 이규재
편집 | 이즈플러스

펴낸곳 | 예원북스
등록번호 | 제396-2012-000132호
등록일자 | 2012. 7. 25
KFN | 제1-201호

주소 | 경기도 고양시 일산동구 호수로 646-24 위너스21 II 빌딩 206A호 (우)10401
전화 | 031-819-9431 팩스 | 031-817-9432
E-mail | yewonbooks@naver.com

ⓒ온후, 2017

ISBN 979-11-6098-751-5 04810
      979-11-6098-697-6 (set)

거신
사냥꾼

3

온후 퓨전 판타지 장편소설

WISHBOOKS FUSION FANTASY STORY

거친
사랑꾼

# CONTENTS

# 15장
## 심연의 깊이(2)

　이를 악물었다. 그리고 달려드는 백원후의 몸을 왼손으로 낚아챘다. 이후 피할 수 없도록 고정시킨 뒤, 오른 주먹으로 백원후의 몸통을 가격했다.

　쿠릉!

　소리와 함께 이내 백원후가 축 늘어졌다.

　후우! 후우!

　숨소리가 거칠었다.

　백보신권…… 권법이지만 경지를 높여 잘만 활용하면 모든 무구에 제한 없이 이용할 수 있을 것 같았다.

　오히려 상호 보완적인 부분도 있었다. 그래서 선택한 것인데, 지금까지의 결과는 매우 만족스러웠다.

"뭐야, 들어갔나?"

"좀 약한 거 같기도 한데."

"단순한 발경은 아니로군. 단경의 경지에는 이른 건가."

단경, 중경, 그리고 침투경의 순으로 난이도가 어렵다. 심안을 열어 야차들을 살폈지만 백보신권을 익힌 야차는 하나도 없었다. 그만큼 난해하고 어려운 탓이다.

그래서 저들도 내가 침투경의 원리를 사용했는지 제대로 파악하지 못했다. 모든 가능성의 문을 열어주는 천지인, 나선형의 마력, 무한의 이해 등을 토대로 깨우쳤기에 사용할 수 있는 것이었다.

"단경이라고? 그것만 해도 대단한 거 아니야?"

"그래 봤자 중경으로 넘어가는 도중에 포기하겠지. 중경 이상의 묘리를 깨우친 야차는 암룡 유설이나 잠룡 주가람 정도밖에 없잖아."

잡음이 많아졌다. 내가 보인 한 방. 그것을 두고 내 경지를 논하기 시작한 것이다.

그래도 결론이 나질 않자 덩치 큰 야차 하나가 내게 다가왔다.

"이봐. 나한테 한번 해봐라."

"무엇을?"

"방금 2급 백원후를 기절시킨 그것 말이다. 백보신권 비슷한 무공!"

잠시 머리를 긁적였다. 너무 흥을 냈나?

하지만 이런 적은 처음이었다. 이십여 일이 넘도록 나를 '무시'로 일관하던 그들이 내 앞에 모습을 드러냈다. 어느 정도 나를 인정해 줬다는 의미다.

계속해서 무시해 주면 좋겠지만, 어차피 언젠가는 겪을 일이었다. 나는 하루가 다르게 달라지고 있었다. 2급의 백원후마저 쓰러뜨렸으니 1급, 그리고 원후왕에까지 도달할 기틀은 마련한 셈이다. 그 과정에서 야차들과의 부딪힘은 예상하고 있었다.

예상하고 있었으니, 그다음 과제다.

보여줄 땐 확실하게 보여줘야 했다.

"후회할 텐데."

"후회? 아, 네 녀석이 하는 거 말이냐? 푸하하! 걱정 마라. 난 맞아주기만 할 테니!"

야차가 양손을 들어 올렸다.

이건 싸우는 게 아니라는 듯이.

저 표정이 계속해서 유지되기를 바란다.

나는 피식 웃으며 천천히 주먹을 뻗었다.

툭.

"뭐냐, 장난하는 거냐? 이런 솜방망이 같은 주먹으로

뭘……."

가볍게 주먹을 가져다 댔다. 그러나 '닿은' 이상 나머지는 쉬웠다.

대야의 바닥을 뚫는 정도야 진즉에 넘어간 단계다. 야차의 살가죽은 두꺼웠지만 내장들도 그만큼 단단할지는 모르겠다.

콰지직!

뼈가 뒤틀렸다. 내장이 틀어졌다. 동시에 야차의 얼굴빛이 붉게 달아올랐다. 전신의 힘줄이 튀어나오고 입에선 침이 줄줄 샜다.

"꺼억……!"

겨우, 비명을 내뱉었다.

야차가 급히 한 발자국 물러났다.

방금의 여유는 온데간데없었다.

엄청난 고통일 것이다. 이타콰와 연습 도중 녀석이 실수해서 백보신권으로 나를 때린 적이 있었다. 백원후에게 얻어맞는 것과는 차원이 다른 통증이 전신을 엄습한 기억이 났다. 그보다 더하면 더했지 덜하진 않으리라.

"한 대 더?"

절레절레!

야차가 급히 고개를 내저었다. 말을 할 여력도, 움직일 힘도 없을 것이다. 어떻게든 자존심을 유지하려고 애쓰며 뭐 마려운 강아지처럼 배를 부여잡고 치료실로 향하기 시작했다.

'엄청나군.'

순수한 의미로 감탄했다. 설마 저 정도로 별 내색 없이 참아낼 줄이야.

1성의 백보신권은 초근접전으로 갈 때 진정한 위력을 발휘한다. 아직 100보 바깥의 물체에 영향을 끼치진 못했다. 지금으로선 기껏해야 2보 정도. 그것도 바람에 흔들리는 수준의 영향이었다. 아예 근접해야만 제대로 효과가 있다.

그러나 내부를 진탕시키는 백보신권은 '겉'을 베고 자르는 검이나 여타 마법들과는 분명히 궤를 달리하고 있었다. 탈혼무정검과 함께 잘만 활용하면 속과 겉, 모두를 한꺼번에 파괴하는 굉장한 기술이 나올지도 모른다.

'내장을 단련시키지 않는 이상 이건 통한다.'

그간의 고생이 싹 날아간 것만 같았다.

지켜보던 야차들이 모두 입을 닫았다. 단경, 중경은 손을 댄 것만으로는 이만한 타격을 주지 못한다. 뼈를 뒤틀거나 내장까지 파열시키는 건 침투경만이 가능했다.

"설마…… 침투경이라고?"

"침투경의 묘를 깨우친 놈이 고작 2급 백원후에게 그동안 맞고 다녔다는 거야?"

"우연…… 이겠지."

모두들 믿기지 않는다는 눈초리였다.

하지만 섣불리 도전하지 못했다.

귓불에 새겨진 검은 야차의 인이 빛나고 있었다.


[야차 '한 명'을 이겼습니다.]

[검은 야차의 인(印)이 빛을 발합니다.]

[상대의 능력치 중 '민첩'을 0.05 빼앗아 옵니다.]

[검은 야차의 인은 다른 인을 지닌 야차, 혹은 나찰과의 싸움에서 승리하거나 상대를 죽일 시 무작위로 능력치 하나를 소량 흡수할 수 있습니다.]

[대상은 중첩되지 않습니다.]

[잠재력의 범위를 넘어서는 능력치의 흡수는 불가능합니다.]

[누적 능력치는 1단위로 상태창에 반영됩니다.]

[누적된 능력치 현황 - 민첩(0.05)]


검은 야차의 인!

모두가 두려워하며 멀리했던 그것.

설마 이런 능력이 있었을 줄이야.

왜 고대에 검은 야차의 인을 지닌 야차가 나찰 하나를 죽이고 야차들을 학살했는지 이유를 알 것 같았다.

강함에 대한 열망!

무한한 욕구가 있었기에 검은색의 인이 주어진 건 아닐는지.

그 욕구에 집어 삼켜져 대량 학살을 벌였고, 끝내 죽었다.

꿀꺽!

목울대가 울렸다. 힘에 매료되는 순간 내가 밟을 수순이 전승과 같으리란 걸 안다. 알지만, 그럼에도 매력적인 능력이었다. 그저 이기기만 하면 된다니.

반대로 죽이거든…… 더한 보상이 주어질 게 자명했다.

"저건…….."

"정말로 저주받은 건가?"

야차들이 한 발자국 물러났다.

그들은 반쯤 두려움에 찬 눈빛으로 나를 경계했다.

겨우 좋아지던 여론이, 순식간에 역전되었다.

'천적이 따로 없군.'

나는 천천히 발걸음을 옮겨 대련장을 벗어났다.

시시각각 저들의 눈빛이 흉흉하게 변하고 있었다.

여태까지는 그저 전승, 떠도는 이야기에 불과했지만, 검은 인이 빛을 발하자 본능적으로 거부감을 느끼는 것이다.

왜냐하면 이건…… 결국 그들을 잡아먹던 포식자의 증표였으므로!

머리가 복잡했다. 그럴 수밖에 없었다.

검은 야차의 인. 야차와 나찰과의 싸움을 통해 성장할 수 있는 능력.

과거 이 힘을 지녔던 자는 대학살을 일으켰다. 그저 싸워서 승리하는 것보다 죽여서 얻는 이득이 더 많기에 그러한 결정을 내렸을 것이다.

얼마나 강했던지 나찰마저 죽이는 데 성공했다고 하지만 결국 자신도 죽었다.

'나찰 중에는 족히 수만 년을 살아온 자도 존재한다.'

십이나찰. 그들이 모를 리 없었다. 내가 검은 야차의 인을 가지고 있다는 걸 알면서도 방관하고 방치해 둔 것이다.

왜? 나는 잠재적 위험 분자일 텐데?

전사의 의식과 승천의 의식을 통과했기 때문에?

수천 년 만에 나온, 기대받는 유망주라서 그런 걸까.

그들의 전승을 자세히 모르니 알 수 없지만, 확실한 건 내 손에 피를 묻히는 순간 절대 피할 수 없는 화살이 곧바로 날아올 거라는 점이었다.

'요르문간드라면 시원한 해답을 내려줄 수도 있을진대.'

요르문간드는 조용했다. 나찰산에 들어온 그 순간부터 마치 죽은 것처럼 미동조차 안 했다. 몸을 웅크리고 크기를 더욱 줄여서 목걸이처럼 매달려 있을 따름이었다.

그녀라면 이곳 나찰산과 나찰각에 대하여 알고 있을 수도 있다는 생각이 들었지만 움직이질 않으니 명쾌한 해답도 구할 수 없었다.

'목표가 높아졌을 뿐, 달라진 건 없다.'

긍정적으로 생각하면 희소식이었다. 어쨌든 나를 나찰각에 들여놓은 것은 나찰들이었다. 죽일 셈이었다면 진즉에 죽였을 것이다.

살려두고 들여놨다는 건 그들이 내게 바라는 '기대'가 있다는 뜻.

그저 욕심을 부리지만 않으면 된다.

균형. 모든 건 균형을 잡아야 하는 법이었다.

힘에 취해, 피에 취해 움직이거든 황천길로 가는 길만 빨라지게 되리라.

'조급함은 스스로를 죽이는 독이야.'

강해지고 있었다. 하루가 지날 때마다 강해지고 있다는 게 체감이 됐다. 오히려 내 예상보다 훨씬 빠른 성장이었다.

여기서 더 조급함을 낸다고?

너무 빨리 먹은 음식은 체하게 마련이었다. 과거, 마검사 클래스를 얻고 누구보다 빠른 성장을 했지만…… 잘못된 습관과 '극의'를 보는 게 불가능하다고 확신하며 스스로에게 한계를 선고한 것처럼.

가만히 앉아 명상을 시작했다.

머릿속 잡음을 없애고 오늘의 싸움을 복기하였다.

지금은 오로지 나만의 성장을 생각할 때였기에.

검은 야차의 인을 지닌 야차가 백보신권을 익혔다!

소문은 삽시간에 퍼졌다. 검은 인이 빛났다는 이야기도 부풀려지고 와전되며 '닿으면 저주에 걸린다더라' 하는 이야기까지 나돌았다.

"무백, 들었어? 백보신권이래."

오룡 중 하나, 무룡(武龍) 무백.

거대한 전각을 통째로 사용하는 그는 명망 있는 '무릉세가'의 소가주였다.

99명의 야차를 같은 조로 두고 있으며 단순한 무력으로는 쟁탈전에 참여하는 야차 중 가장 강할 것이란 소문이 자자했다.

그의 앞에서 주황색의 머리칼을 지닌 야차가 장난스럽게 웃었다.

"여기는 너희 집 안방이 아니라고 말했을 텐데, 연혼제."

"우리 사이에 놀러 올 수도 있는 거지, 뭐 그리 쩨쩨하게 굴어?"

검룡 연혼제!

검에 미친 야차. 그 역시 오룡 중 한 명이었다.

"그나저나 백보신권은 잠룡 주가람만 익힌 거 아니었나? 그 괴물 같은 놈을 빼고 다른 놈이 백보신권을 익힐 줄은 꿈에도 몰랐는데."

"그러는 네놈도 괴물이 아닌가. 검의 괴물."

연혼제가 히죽 웃었다. 딱히 부정하지 않는 모습이었다.

"무백. 그 녀석, 내가 데려가도 되냐?"

"그 말을 하려고 여기까지 온 건가?"

"이해해 줘. 너랑은 쟁탈전에서 싸우고 싶으니까. 이런 곳에서 서로 부딪혀 봤자 이득이 없잖아?"

"그렇다면 걱정 마라. 내 관심 밖의 일이니."

무백이 고개를 돌렸다. 이에 연혼제의 미소가 더욱 짙어졌다.

"잠룡은 또 지붕 위에서 잠이나 자고 있을 테고, 암룡은 자기 스스로의 단련 외에는 관심이 없을 테니, 남은 건 적룡 구화린뿐이군."

"검은 야차와 얽혀서 좋을 게 없다. 연혼제."

"왜? 재밌잖아? 영원할 것만 같았던 십이나찰 중 한 명을 죽였다고. 일천(日天), 무려 태양신의 이름을 단 나찰을!"

광기마저 느껴지는 눈빛이었다. 무백은 아예 대답하지 않았다. 대신 고개를 돌려 주변 야차들에게 눈빛으로 전했다. 지금 이곳에서 들은 말, 잊으라고.

나찰각에선 매우 불경한 말이었기 때문이다.

"나도 우리 가문에선 만 년에 한 번 태어날 재능이다 뭐다 하면서 치켜세워 주지만, 궁금하잖아? 나찰을 죽였던 놈과 내가 싸우면 누가 이길지."

"거둬들인다고 하지 않았던가? 그리고 그는 전승된 이야기의 장본인이 아니다."

"알아. 그래서 밑에 두고 키워준다는 거지, 내가. 전승의 이야기가 사실이라면 어차피 녀석도 반드시 피를 갈구하게 될 테니까. 그때 쓰윽!"

연혼제가 손으로 목을 그었다.

오룡 중에서도 검룡 연혼제는 제대로 미쳐 있었다. 검에 미쳐서인지 다른 부분도 함께 놔버린 것 같았다.

'얽히면 피곤해지겠군.'

무백은 고개를 저었다.

이런 일에는 끼어드는 게 아니다.

지켜보는 것만으로도 이득이라는 걸 그는 그간의 경험을 통해 알고 있었다.

과거 나는 수많은 러브콜을 받았다. 강자이고 영웅이었던 나를 영입하려고 모든 국가가 손을 내밀었다. 가장 큰 도시를 준다는 곳도 있었고, 왕으로 옹립하여 떠받들겠다는 자들도 있었다. 어떻게든 나를 데려가려고 혈안이 된 자가 많았단 뜻이다.

하지만 이런 황당한 러브콜은 처음이었다.

"적룡 구화린 아가씨께서 네놈을 원하신다. 영광으로 알아라."

일급 백원후를 상대로 고전하고 있을 때였다.

웬 근육질의 여자 야차 한 명이 다가와 대뜸 내게 말을 걸었다.

적룡 구화린. 그녀가 오룡 중 일인이라는 건 나도 안다. 그녀가 나를 낙점하여 조로 영입하고자 한다는 뜻인데…….

"할 말 있으면 직접 오라고 전해라."

영입을 하겠다는 건, 영입의 의사가 있는 자가 직접 와서 거래를 하는 게 기본이었다. 이런 식으로 '들어와라!' 하면 '네, 감사합니다' 하고 들어갈 사람은 몇 없을 것이다.

굳이 어딘가에 소속되고 싶다는 마음도 없었다. 야차들과 가까이할수록 내가 그들과 다름을 알아차릴 가능성이 높았기 때문이다.

무엇보다 나는 혼자가 편하다.

'의외긴 하군.'

나를 두려워하며 마냥 경계할 줄 알았다. 검은 야차의 인. 포식자의 증거. 그로 말미암아 적대심이 생겨도 이상하지 않았다. 실제로 대련장에 들어서자 대부분의 야차가 묘한 눈빛으로 나를 쳐다보고 있었던 것이다.

그런데 러브콜이 올 줄은.

그만큼 성흔 쟁탈전의 승리가 중요하단 뜻일까?

내 말을 듣고 여자 야차의 표정이 더없이 흉포해졌다.

"무례한 놈!"

"네 주인은 발이 없나? 아니면 말을 못 하는 건가? 하나하나 다른 자가 전해 줘야 할 정도로 신체에 장애가 있다면 내가 사과하지."

"뚫린 입이라고 함부로 말을 하는구나."

"전사라면 다수로 소수를 압박하는 저열한 짓거리는 하지 않을 것이다. 그리고 전사의 품격을 아는 야차가 다른 이를 보내서 자신의 뜻을 전하지도 않을 거고 말이야."

"감히……!"

야차로서의 자긍심. 모든 야차에겐 그게 있었다.

그 부분을 살살 긁자 여자 야차가 입을 다물었다.

너무 강하게 나간 건가 싶기도 하지만 애매한 태도를 보이는 것보단 나았다.

지난 이십 일이 넘는 시간 동안 나름대로 야차들의 생리를 연구한 나다. 약하게 보이면 그들은 자신과 상대를 동등하게 생각하지 않는다.

"됐어. 내가 할게."

"아가씨."

그러자 멀리서 지켜보던 구화린이 직접 나섰다.

직접 오지 않으면 전사가 아니다, 라는 말을 직설적으로 내뱉었으니 당연한 결과였다. 일부러 들으라고 한 것도 있었고.

"좋아. 검은 야차라서 그런지 말에도 가시가 박혀 있네. 부디 실력도 그 말투처럼 강렬하길 바랄게. 그러니까 내 조에……."

"나는 누구의 조에도 들어갈 생각이 없다."

"누가 내 말을 끊는 걸 좋아하지 않아. 그 부분 분명히 알아두는 게 좋을 거야."

구화린의 표정이 마냥 좋지는 않았다.

구화린은 가시가 돋친 장미꽃 같았다.

그 가시를 내게 들이밀려고 한다면, 나는 피할 것이다. 함께 싸운다는 건 등을 맡길 수 있다는 의미다. 동등하게 생각하지 않겠다면 들어갈 가치가 없다.

"두 번 말하는 것도 좋아하지 않지만, 이번에만 특별히 말할게. 내 조로 들어와. 성흔 쟁탈전에서 우승하면 너에게도 마땅한 자리를 약속할 테니까."

"오오, 그거 좋은데. 나도 그럼 약속하지. 내 조로 들어오면 공청석유 두 방울에, 내 바로 옆자리도 내어주는 조건으로. 어때?"

그때였다.

불현듯 옆으로 다가온 야차.

주황 머리를 지닌 미청년이었다.

검룡, 연혼제!

그를 보고 구화린이 미간을 구겼다.

"연혼제."

"아, 대화 중에 끼어드는 거 싫어했지? 미안. 그래도 가만히 낚여 가는 걸 보고 있을 수는 없어서. 어디 보자, 오한성이라고 그랬던가?"

하아.

작게 한숨을 내쉬었다.

이런 일은 예상하지 못했다. 애당초 백보신권을 익히는 걸 숨기지도 않긴 했지만, 검은 야차의 인이 빛나는 걸 보고 모두가 가까이 다가오지 않으려고 할 줄 알았다. 나도 그편이 더 편했으니 나쁘지 않다고 생각했다.

그런데 의외의 복병이 나타난 것이다.

그것도 둘이나.

'이러고 있을 시간이 없는데.'

그 성흔 쟁탈전이라는 게 벌어질 때까지 고작 보름 정도가 남았다. 그 시간을 최대한 활용하는 게 내 목적이었다. 쟁탈전은 처음부터 관심도 없었다.

검룡 연혼제가 음흉한 미소를 숨기지 않으며 입을 열었다.

"오한성, 공청석유 두 방울로 부족하면 천 년 묵은 하수오도 한 뿌리 내어주지. 이만한 영약은 다른 가문에서도 구하기 힘들 거야."

"지금 나랑 뭐하자는 거지, 연혼제?"

"구애하잖아. 내 조에 들어오라고. 그러니까…… 응?"

연혼제가 불현듯 고개를 돌렸다. 2초 정도 늦게 구화린도 하늘로 시선을 옮겼고.

―조심해라.

나찰산에 들어온 이후 처음으로 요르문간드가 말했다.

쿠르르르릉!

동시에 하늘에 '구멍'이 뚫렸다.

"저건 뭐야? 대아귀?"

"대결계가…… 뚫렸다고?"

연혼제와 구화린이 경악했다. 하늘에서 대아귀가 쏟아지고 있었다.

계층 간에 균열이 뚫려 버린 것이다.

다른 야차들도 눈을 크게 떴다.

십이나찰 중 하나, 화천이 나타나기 전까진 그저 바라만 보고 있을 뿐이었다.

"다들 전투태세에 들어가도록!"

"화, 화천 님! 이게 어떻게 된 일입니까?"

한 야차가 묻자 화천이 고개를 저었다.

"모르겠다. 무언가가 대라선님의 결계를 억지로 찢고 들어왔다. 대아귀의 모습을 하고 있지만 저놈들은 대아귀가 아니다!"

그를 비롯한 다른 나찰들도 모습을 보였다. 그들은 하늘에서 떨어져 내리는 대아귀들을 막아섰지만 숫자가 워낙 많았다.

키에에에에에!

대아귀의 크기는 다양했다. 제일 작은 게 20m의 크기였고, 큰 건 50m를 넘어갔다.

소아귀에서 그대로 몸집만 큰 것같이 추악하게 생긴 대아귀 한 마리가 대련장을 향해 미친 듯이 달려오고 있었다.

촤아아아앙!

화천이 창을 들었다. 창에서 불꽃이 새어 나오며 순식간에 대아귀의 머리통을 잘라냈다. 하지만 순식간에 머리가 재생했다.

그러더니 화천을 무시하곤 다른 야차들을 집어삼키기 시작했다.

"이노오옴!"

화천의 전신에서 거대한 불의 날개가 솟아났다.

콰아아앙!

화천이 날아오르며 대아귀의 신체를 창으로 헤집었다.

창을 내려칠 때마다 대지가 들썩였다. 대아귀의 재생 능력이 따라가지 못할 정도로 무지막지한 공격이었다. 과연 나찰이라고 할 수 있었다.

전신이 타버려서 재생이 불가능해진 대아귀가 바닥에 꿇었다.

그러자 대아귀의 가슴 한편이 열리며 은빛 기사의 투구를 쓴 검은색 인영이 비틀대며 튀어나왔다.

크기는 고작 1m나 될까. 전신이 그림자처럼 새까맣다.

순식간에 바닥을 차고 거리를 도약한 화천이 검은 인영의 몸통을 창으로 찔렀다.

땡그렁!

동시에 검은 인영이 투구만을 남기고 그대로 허공에 증발하듯 사라졌다.

그러자 화천이 고개를 돌리고 외쳤다.

"방금 내가 죽인 검은색 인영이 대아귀를 조종하는 본신이다! 대아귀의 가슴이나 머리에 자리를 잡고 있으니 모두 유념하고 대비하라!"

화천은 그 말을 남기곤 빠르게 자리를 옮겼다.

곳곳에 떨어진 대아귀를 처리하는 게 그의 역할인 듯싶었다.

"일이 재밌게 돌아가는군. 대라선께서 친 결계를 뚫어? 대체 뭐 하는 놈들이야?"

"연혼제, 농담하고 있을 때가 아니야. 지금은 힘을 합쳐야 해."

검룡과 적룡이 손을 잡았다.

주변의 모든 야차가 그 둘을 중심으로 모이기 시작했다.

그리고…… 나는 또 다른 의미로 경악하는 중이었다.

검은 인영. 나는 저놈들을 안다.

'암흑상인……!'

분명히 암흑상인이었다.

하지만 어떻게?

어떻게 심연에 있어야 할 암흑상인이 나찰각의 결계에 구멍을 뚫고 대아귀를 조종하며 나타났단 말인가?

암흑상회를 구성하는 그들은 명명백백하게 '위대한 별'의 의지를 받드는 자들이었다. 아무리 데몬로드라고 할지라도 암흑상회를, 암흑상인을 건드리지 못하는 이유다.

하지만 이곳은 지구가 아니다. 지구는 '마지막 결전의 장소'였고, 데몬로드라면 암흑문을 통해서 지구로 향하는 '문'을 만들 수 있었다.

하지만 동시에 떠올렸다.

'경유 장소.'

우리엘 디아블로. 그의 몸으로 문을 만들었을 때의 일이다. 균열이 충분히 생기지 않아서 중간 경유의 장소로 나찰산의 문을 연 것이다. 내가 나찰산에 들어올 수 있었던 것도 모두 그 문 덕분이었으니.

'데몬로드가 가능하다면 암흑상인들도 가능하다.'

암흑상인들 역시 다른 계의 문을 열 수 있을 터였다.

그리고 그들이 어떠한 방식으로 '물건'을 구하는지 알 것 같았다.

"끄아아악!"

"대아귀들이 갑자기 왜……!"

아무리 야찰이라 할지라도 대아귀는 괴물 중의 괴물이다. 70계층 이상에서만 서식하는, 그 크기에 따라서 힘을 발휘하는 욕망의 덩어리.

야차가 모여서 상대하지 않으면 대아귀의 대적은 불가하다. 십이나찰 모두가 나섰다고 한들 수백의 대아귀를 한꺼번에 처리할 순 없었다.

그리고 대아귀는…… 야차들을 무차별하게 삼켰다. 이어 배를 채운 대아귀가 우악스러운 날개를 펼쳐서 다시 하늘로, 결계의 너머로 사라졌다.

결계의 너머. 검은색 블랙홀과 같은 게 그곳에 있었다.

'심연.'

심연으로 통하는 문이다. 나찰들이 넘어가 보려고 했지만, 무언가에 막힌 듯 다가서지 못했다. 오로지 대아귀…… 암흑상인들만이 문을 통해 심연으로 들어갈 수 있었다.

'약탈이다.'

고개를 끄덕였다.

이는 약탈 행위였다. 암흑상인들은 강제로 물건을 빼앗고, 그것을 심연 속 암흑상회에서 판매하는 것이다. 그중 쓸 만한 건 데몬로드에게 제공되는 식이었고.

이그닐과 이타콰의 알 역시 저런 식으로 구했을 것이었다. 하기야 자신이 낳은 알을 얌전히 양도할 미친 용이 어디 있겠는가.

"누가 더 많이 사냥하나 내기할래?"

"연혼제! 지금 상황은 장난이 아니라고 했을 텐데?"

연혼제의 손에는 어느덧 긴 장검이 쥐어져 있었다. 자신의 몸길이 정도로 길고 날카로웠지만 그만큼 사용하기가 까다로워 보였다.

하지만 연혼제는 그 검을 장난처럼 휘둘렀다. 이후 도약하여 홀로 대아귀를 향해 돌진했다.

"저 멍청이가……."

구화린이 이마를 짚었다.

협력을 하기로 했지만, 연혼제는 검에 미친 야차다. 나사가 빠졌다는 뜻이다. 하지만 그럼에도 홀로 대아귀를 사냥하고 있었다.

장검의 날에 깃든 주홍빛의 선명한 기운. 강기다. 기운을 유형화하여 무엇이라도 잘라내는 기술. 경지에 이른 검사만이 사용할 수 있는 특별한 것이었다.

대아귀의 살점을 가르고 뼈를 자르며 연혼제가 웃었다. 피가 튀겼으나 아랑곳하지 않았다.

"하하하! 재밌다, 재밌어!"

검룡이 아니라 광룡(狂龍)이라 해야 어울릴 것 같았다.

"나찰들께서 놈들을 구제하실 거다! 우리가 할 일은 대아귀를 한쪽으로 몰아가는 것! 주술과 도술에 능한 야차들은 우리를 보조하고, 무공에 능한 야차는 서로의 간격을 넓게 해서 대아귀를 상대한다!"

구화린은 제법 전술에 능한 것 같았다. 순식간에 자신이 해야 할 일을 파악하고 주변을 장악했다. 욕심을 부리지 않는다고 해야 할까.

리더로서 나쁘지 않은 부류였다.

'오로지 야차만을 잡으려고 이만한 병력을 동원했을까?'

나는 생각했다. 모든 변수를 떠올렸다. 암흑상인. 이곳의 야차들은 뛰어나긴 하지만 억지로 결계를 뚫어내 병사를 배치할 만큼 욕심을 낼 정도는 아니다.

아무리 암흑상인이라 할지라도, 아무런 리스크 없이 이 정도 규모의 병력을 움직이진 못할 터였다. 나는 데몬로드이기도 하기에 확신할 수 있었다.

암흑상인은 거래하여 벌어들이는 포인트로 자신들의 '격'을 올릴 수 있었다. 그렇다면 물건을 구해 오는 병사도 비슷할 터였다.

'서고. 저들이 노리는 건 무공이다.'

그리고 한 가지 결론에 도달했다.

무공. 진정으로 체계가 잡혀 있는 기술서들!

나는 무공서를 보고 새로운 세계를 들여다봤다. 무공은 야차와 나찰들의 '정수'라고 할 수 있는 것들이었다. 모든 야차에게 공개되지만, 야차가 아닌 이들은 결코 볼 수 없는 게 무공서였으니.

더불어 물건만을 구하기 위해 온 것도 아닌 듯싶었다.

'균열이 커지고 있군.'

침범당하고 있었다. 이들의 세계가.

심연의 손길이 뻗치는 중이었다.

고개를 돌려 서고를 바라봤다.

대아귀 중 한 마리가 서고를 향해 달려가고 있었다. 모두의 시선이 다른 곳으로 옮겨진 틈을 타서.

막아야 한다. 무공이 심연으로 흘러들어 가 데몬로드들에게 도달한다면, 그들은 더욱 강한 힘을 얻게 될 것이었다.

'무슨 일이 있어도……!'

저곳에 도달하게 해서는 안 된다.

생각을 하기도 전에, 발이 움직였다.

공간의 보석에서 검을 뽑았다. 알라무어의 직검!

승천자의 망토가 내 의지를 읽고 그 즉시 양어깨에 장착되었다.

그러자 바람의 흐름이 달라진 것 같은 기분이 들었다. 역풍이 순풍이 되어 저항을 없애줬다. 더욱 빠르게 도달하여, 대아귀의 옆구리에 매달렸다.

푸우우욱!

쾅!

하지만 부족했다. 매달린 즉시 대아귀의 몸통에서 튀어나

온 손 하나가 나를 바닥으로 내팽개쳤다.

"쿨럭!"

각혈했다. 금강불괴가 아니었다면 뼈가 나갔을 것이다. 이윽고 승천의 망토가 억지로 몸을 움직이며, 대아귀의 몸통에서 솟아난 수많은 손으로부터 나를 지켜줬다.

나는 머리를 흔들고 다시 놈을 노려봤다.

'죽음의 손길.'

주변 바닥이 어둡게 물들었다. 수많은 '죽음의 손'이 튀어나와 대아귀의 몸통에서 솟아난 손들을 막아섰다.

승천자의 망토가 내 몸을 띄웠다. 대아귀의 약점은 목이다. 다른 부위보다 목이 약했다.

촤르륵!

대아귀의 몸에 닿은 즉시 달렸다. 그대로 목으로 다가가 검을 꽂았다. 그러자 대아귀의 몸이 크게 틀어졌다.

키에에에에에엑!

귀가 먹먹했다. 대아귀의 비명은 그것만으로도 마법적인 타격을 준다. 듣는 이로 하여금 순간 기절하게 만드는 것이다. 하지만 승천자의 망토는 대마법(s)의 방어가 가능했다. 덕분에 기절만큼은 면할 수 있었다.

이어서 대아귀가 자신의 얼굴을 몸에 파묻었다. 그 순간 대아귀의 얼굴이 등을 통해 나타났고, 나를 향해 커다란 입을 벌리며 달려들었다.

찌이익!

가까스로 피했으나 옷이 찢겼다. 왼쪽 팔뚝의 절반을 뜯어 먹혔다. 뼈가 상하진 않았으나 힘이 제대로 들어가지 않았다.

'젠장!'

대아귀의 속도를 감당할 수 없었다. 그러기엔 능력의 차이가 너무나도 컸다.

대아귀의 얼굴이 분열했다. 순간 수십 개로 불어나 다방면에서 나를 노리고 달려들었다.

─피하세요!

─이 나쁜 아귀!

─풀들아 저분을 지켜 드리렴.

라임, 라율, 라온.

풀잎의 정령들이 나타난 건 그때였다.

계약자를 지키고자 강제로 헌신하며 힘을 발휘한 것이다. 여태껏 야차와 나찰들을 피해 모습을 드러내는 걸 피하고 있었지만, 내 죽음을 지켜볼 수는 없었던 것이었다.

순식간에 바닥에서 줄기들이 자라났다. 이곳 나찰각에 있는 나무는 모두 뿌리가 길고 철보다도 단단했다.

대아귀의 몸이 줄기에 묶였다. 찰나의 순간 움직임이 굳었고, 그 사이에 나는 몸을 빼내는 데 성공했다.

하지만 그뿐이었다. 직접적인 타격은 처음 이후로 줄 수 없었다.

역부족인가? 나로는 지킬 수 없단 말인가!

"잘 버텼다."

그때, 내 위로 그림자 하나가 솟아났다.

고개를 들었다.

심술궂게 생긴 노인이 그곳에 있었다.

월천!

내게 탈혼무정검을 건네주고 죽었던 나찰. 그가 도 한 자루를 들고 있었다. 도는 평범하기 짝이 없었지만, 푸른색 강(强)의 기운이 쓰여 있어 세상 모든 걸 절단해 버릴 듯했다.

"미물 따위가 우리의 역사를 탐하느냐?"

서고의 책들은 야찰과 나찰들의 역사였다. 그들이 살아오고 숨 쉬어 온 기억이 그곳에 있었다. 월천만은 그 값어치를 알고 있었다. 그래서 노했다.

그의 분노가 하늘에 닿았다. 그가 검을 휘두른 순간.

콰아아아아앙!

대아귀의 몸이 반으로 갈렸다. 검강이 바람처럼 달려 나가 그대로 대아귀의 몸을 반으로 찢어발기고, 바닥에 거대한 균열을 만들었다.

검강을 씌우는 것만으로도 모자라 발출하다니!

이후 그가 검을 휘두를 때마다 대아귀가 조각났다. 수백, 수천 조각으로 나뉘어 재생이 불가능해지기까지 걸린 시간은 1초 이하였다.

압도. 그 외엔 설명이 불가했다.

이어 월천이 나를 돌아봤다.

"고맙다. 네가 버텨준 덕분에 지킬 수 있었다."

"……아닙니다."

나는 고개를 저었다. 결정적으로 그가 나타나지 않았다면 지킬 수 없었을 것이다.

"정령의 사랑을 받는 야차라. 오랜만에 좋은 구경을 했군."

월천이 잔잔한 미소와 함께 떠났다. 바람처럼.

나는 쓸려 나간 팔을 부여잡았다. 저 멀리서 나찰들과 오룡을 포함한 야차들이 빠르게 상황을 진압하는 게 보였다.

"대라선이시다!"

"대라선께서 나타나셨다!"

나찰각 전체에 태풍이 몰아쳤다. 구름을 타고 지팡이를 든, 원숭이도 인간도 아닌 묘한 모습을 한 남자가 하얀 수염을 휘날리며 나타난 것이다.

70㎝는 될까 싶은 정도로 작았지만, 그가 지팡이를 휘두르자 태풍이 불고 번개가 내리쳤다. 동시에 검은색 균열이 줄

어들기 시작하였다.

대라선. 나찰계를 지배하는 절대자의 이름.

그가 등장한 즉시 암흑상인들이 대아귀를 버리고 도망갔다. 대적 불가의 상대임을 보자마자 알아챈 것일까.

"한 마리도 살려 보내지 마라!"

야차와 나찰. 그들이 힘을 합치니 심연조차도 함부로 건들 수 없음이라.

내가 겪은 어떠한 집단보다도 강력했다.

나는 가벼운 전율과 함께 그들의 전쟁을 두 눈에 담았다.

전쟁에서 승리했지만, 분위기가 좋지는 않았다.

암흑상인 몇을 인질로 잡았으나 얼마 지나지 않아서 먼지처럼 증발해 버렸기 때문이다. 결국 누가 공격한 것인지 아무것도 밝혀진 게 없었다.

"대체 누가 나찰각을 공격한 거지?"

"저러한 생명체는 나찰산에서 본 적이 없는데."

"기묘하군. 기묘해."

대아귀는 범인이 아니었다. 대아귀 역시도 그저 '조종'을 당한 것에 지나지 않았다. 전신이 새까맣고 모자만을 쓴 괴

생명체, 아니, 생명체인지조차 확실치가 않았으니.

저들이 암흑상인이라는 건 오로지 나만 알고 있었다.

전쟁을 수습한 뒤, 결계가 다시 세워졌다. 심연으로 이어지던 균열은 깔끔하게 사라졌다.

그리고 공문이 내려왔다.


─이번 성흔 쟁탈전을 내년으로 미룬다.

─나찰들은 계층 간의 경계를 보다 확실히 한다.

─앞으로 오 일 후 나찰각을 비운다. 모든 야차는 자신의 산으로 돌아간다. 이는 108일간 '백팔결계(百八結界)'의 의식을 행하기 위함이다.

─이 모든 건 대라선의 의지이다.


이견은 없었다. 대라선. 그가 결정했다면 야차와 나찰은 따라야 한다.

백팔결계는 결계 중 가장 강력한 것이다. 그만큼 이번 사안이 심각함을 뜻했다.

남은 닷새 동안 그들은 사라진, 혹은 죽은 야차들을 기렸다. 대아귀의 입에 물려 심연 속으로 사라진 야차도 수십을 헤아렸던 것이다.

그리고 나는…….

'가봐야겠군.'

준비를 했다.

전이. 그리하여 진실을 두 눈으로 확인하고 싶었다.

정말로 그들이 '물건'을 구하기 위해 온 것이라면, 암흑상회에서 납치해 간 야차들이 판매될 수도 있음이었다.

그리고 암흑상인들에 대한 조사도 해야만 할 것 같았다. 어쩌면 그들이야말로 모든 일의 원흉일 수 있기에.

생각도 못 해본 방향이었다. 그저 데몬로드들만이 문제라고 여겼건만.

'전이.'

[72시간(심연에서의 144시간) 동안 '전이'를 행합니다.]
[전이가 시작되었습니다.]

나찰각에서의 하루하루는 충실했다. 무공이라는 새로운 세계를 접하며 나날이 강해지는 자신을 발견할 수 있었고 스스로의 잘못도 되돌아보게 되었다.

그래서 전이를 최대한 늦췄다. 이타콰와 이그닐이 연결되어 있었으니 만약 저쪽에서 무슨 일이 생기면 이타콰가 반응하여 알려주리라고 생각한 것이다.

하지만 이제는 외면할 수 없다.

심연이 현실을 침범했다. 암흑상인들. 그들이 억지로 결계를 찢어발기며 나찰각으로 들어와 공격을 감행한 것이다.

나 자신이 강해지는 것도 중요하지만 진실을 밝히고 접하는 것도 중요하긴 매한가지였다.

시이이!

뱀과 같은 목소리가 들렸다. 완치가 덜 된 상태로 전이해서인지 팔도 약간은 저릿했다.

눈을 뜨자 이그닐이 바닥에 앉은 채로 나를 바라보는 중이었다.

황룡 이그닐. 하지만 이타콰와 달리 신체가 무지막지하게 성장하진 않았다.

기껏 해야 1m 전후. 평균적인 용의 신체 성장률과 비슷하다.

그러나 전신의 황금빛이 이전보다 아름답게 돌고 있었다. 마력의 과현상. ss로 책정된 마력 때문일지.

반가운 모습에 덩달아 미소가 흘렀다.

"오랜만이로구나."

이곳 심연의 시간으로 대략 50여 일가량이 흘렀을 것이다. 왕좌에 앉은 채 말을 건네자 이그닐 역시 반갑다는 듯 날개를 살짝 폈다.

이타콰와 달리 조용한 성격이었으니 필요한 행동만을 최소한으로 하는 느낌이었다.

'심안.'

그동안의 성장이 궁금했다. 이타콰는 신체적으로, 이그닐은 마력적으로 각기 다른 분야에서 최강이 될 자질을 가지고 있었기 때문이다.

**이름:** 이그닐(value-255,000)

**종족:** 황룡(黃龍)

**칭호:**

- 염왕(9Lv, 마력+13)

**능력치:**

힘 35a 민첩 30a 체력 33b

지능 44s 마력 68(55+13)ss

잠재력(197+13/485)

**특이 사항:**

-성현의 가호, 염왕의 힘을 이어받았습니다.

-사용자를 부모로 인식하고 있습니다.

역시나. 기대를 벗어나지 않았다. 특히 마력의 수치는 기특할 수준이었다.

이대로만 성장한다면 두려울 게 없을 듯했다.

게다가 이그닐이 가진 염왕의 칭호는 무려 마력을 올려주고 있었다. 이타콰의 것과 같은 레벨임에도 능력치를 올려주는 수치가 조금 낮기는 하지만 마력이라는 점에 있어선 오히려 플러스 요인이었다.

둘 다 주종목 자체가 달라서 뭐가 좋다, 나쁘다고 할 수 없긴 하지만.

나는 천천히 자리에서 일어났다.

"라이라는 어디 있지?"

샤아!

이그닐이 뒤뚱거리며 앞으로 나아갔다.

나는 그 뒤를 따라 라이라가 있는 곳으로 향했다.


성 바깥에서 우락부락한 드워프들이 단체로 무언가를 조각하는 중이었다. 조각체는 족히 10m는 되어 보일 정도로 커다랬는데, 육중한 몸과 날개들은 보자마자 누군가를 떠올리게 만들기에 충분했다.

'나로군.'

정확히는 우리엘 디아블로다. 드워프들이 만들고 있는 건 그의 석상이었다.

그리고 옆에서 샤벨타이거에 오른 다크엘프 전사들이 훈련과 비슷한 걸 행하는 중이었다. 라이라는 감시, 감독하듯 그들을 살피고 있었다.

내가 모습을 드러내자 가장 먼저 라이라가 고개를 돌렸다.

"로드시여!"

그러곤 기쁜 듯이 다가와 무릎을 꿇었다.

강아지였다면 꼬리를 살살 흔들며 귀를 쫑긋 세웠을 것이다. 그 정도로 그리움이 느껴지는 얼굴로 나를 바라보고 있었다.

"내가 없는 사이에 많이 바뀐 것 같군."

"절대지배상회의 첫 사업이 성공적이었어요. 99개, 완판했습니다. 안 그래도 그와 관련해서 구르망디가 로드께 드릴 말씀이 있다고 했어요."

"구르망디가?"

"예. 근처에서 따로 집을 짓고 머물도록 허락했습니다만, 불러들일까요?"

"아니. 지금은 되었다."

고개를 젓고 계산을 해봤다.

공간의 보석 중 남은 재고가 99개였다. 하나에 800포인트였고 그중 63% 정도가 실질적인 소득이었다.

전이하기 전에 30개 조금 안 되게 팔렸으니, 3만 5천가량의 포인트를 벌었다는 뜻이다.

인을 그리며 남은 포인트를 확인해 보았다.

[포인트가 연동됩니다.]

[남은 포인트 - 26,600]


내가 원래 가지고 있었던 포인트는 1만 3천 정도. 대략 2만 포인트를 라이라가 사용한 것이다. 드워프로 상을 건설하고, 다크엘프 전사들을 고용한 듯싶었다.

"나를 기리기 위한 상인가?"

"원래 있었던 상이 카르페디엠과의 전쟁을 통해서 부서진지라……. 이 석상이 완성되면 로드의 지배력이 올라갈 거예요."

지배력이라?

석상에 시선을 주자 곧 관련된 설명이 떠올랐다.


### 〈우리엘 디아블로의 석상〉

-데몬로드 '우리엘 디아블로'를 표현한 석상

-드워프들의 정성스러운 손길이 어려 있습니다.(69% 완성 상태)

-명예가 상승합니다.(500)


명예. 내 이름에 대한 세간의 평가와 같았다. 명예가 드높으면 강한 존재들이 찾아와 수하가 되길 자처하기도 한다고한다. 그리고 명예가 높아야만 건설할 수 있는 건축물도 존재했다.

그간 내겐 명예랄 게 없었다. 깨어나고 직접적으로 행사한 업적이 없기 때문이다. 그런 의미에서 보자면 손해는 아니었다.

"다크엘프들은?"

"카르페디엠의 도발이 거세지고 있습니다. 하여 임시방편으로 다크엘프들을 1년간 고용했는데, 마음에 안 드시나요?"

숫자는 200명 수준이었고, 하나같이 전사라 칭하기에 부족함이 없는 것 같았다. 이들을 모두 사려면 몇만 포인트로도 부족할지 모른다. 어디까지나 '고용'의 형태기에 부릴 수 있다는 뜻이었다.

나는 고개를 끄덕였다.

애당초 내가 없을 때의 전권을 라이라에게 맡겼다. 그녀는 오랜 시간 성을 지켜온 수호신이었다. 우리엘 디아블로를 지키기 위해선 목숨마저 던지는 열녀였으니 과하지도, 덜하지도 않게 소비했을 것이다.

적당히 치하했다.

"잘했다. 꽤 강해 보이는군."

"그들은 '심연의 지평선'에서 활동하는 1급의 용병단이에요. 로드께서 지니신 500의 창기병과 함께하면 카르페디엠도 쉽게 공격을 해오진 못하겠지요."

"뵙게 돼서 영광입니다. 우리엘 디아블로, 데몬로드시여. 헤이만이라고 불러주십시오."

다크엘프 전사들의 대장으로 보이는 이가 다가왔다. 얼굴부터 등까지 이어지는 커다란 상처를 가진 남자.

나는 손을 저었다. 그러자 그가 물러났다.

"암흑상회로 향할 것이다. 준비를 하도록."

"알겠습니다."

라이라는 이유를 묻지 않았다.

내가 하고자 하는 일에 대해선 무조건적인 신뢰를 보내는 그녀였으니.

구르망디를 만나 새로운 사업에 관해 논하는 것도 중요하겠지만, 지금은 암흑상회를 살피는 게 먼저였다.

그리하여 내 생각이 맞는지 확인을 해야 했다.

'문이 만들어지는 원인.'

어쩌면 모든 '문'을 만드는 건 암흑상인일지도 모른다에 대한 의문.

노예를 구하고, 다른 물건을 약탈하고.

그게 끝일까?

어쩌면 다른 게 있을지도 모른다.

그들이 노렸을 더욱 큰 무언가.

'알아내야겠다.'

상회는 여전히 분주했다.

어쩌면 평소보다도 더.

"우리엘 디아블로 님, 암흑상회에 오신 것을 환영합니다. 그날 급경매 이후 처음이로군요. 내용물은 당연히 만족하셨 겠지요."

은색의 왕관을 뒤집어쓴 암흑상인이 다가왔다. 그 역시 내 가 '이그닐'과 '이타콰'의 알을 가져간 걸 알고 있을 터였다. 그날 이후 내가 환불을 해오지 않았으니 결과물을 봤으리라 는 것, 그리고 결과물을 본 이상 만족할 수밖에 없었으리라 는 것을 안다는 뜻이다.

그들로서는 어지간히 배가 아픈 일인 모양이었다.

"오늘따라 유난히 분주하군."

"핫핫. 예리하시군요. 사실 새로운 '종'을 발견했습니다. 덕분에 상인들이 분주하게 움직이고 있지요."

새로운 종.

우연치곤 공교로운 일이었다.

"호오. 그럼 지금 종에 대한 평가를 하고 있겠구나?"

라이라가 흥미를 띠며 물었다.

그러자 암흑상인이 고개를 끄덕였다.

"여러 가지 한계를 실험하고 있습니다. 과연 로드분들께 선보여도 되는지, 아니면 그냥 처분해야 할 정도로 별 볼 일 없을지를 말이죠."

라이라가 눈을 빛내며 나를 쳐다봤다.

"로드시여, 종의 발견은 흔치 않은 일입니다. 한 번쯤 눈에 담으셔도 나쁘지 않을 거예요. 혹여나 진주를 발견하거든 그 자리에서 구매할 수도 있겠죠."

"상인들끼리 1차 경매를 하니까, 같은 자격으로 입관하실 순 있습니다."

암흑상인이 의견을 더했다.

암흑상인들도 세분화가 되어 있었다. 그들 개인마다 구매를 하고, 판매를 하는 식으로 진행하기도 하는 모양이었다.

상인들끼리 경매를 치르고, 그 물품을 경매에서 낙찰받은 상인이 데몬로드나 다른 고객에게 여러 가지 방식으로 판매하는 것이다.

"안내해라."

무겁게 입을 열었다.


작고 비좁은 우리와 같은 곳.

비명이 울려 퍼지고 있었다.

평범한 병사의 투구를 쓰고 있는 암흑상인 몇 명이 사슬로 대상들을 묶어놓고 '경매'를 진행하고 있었다.

경매의 참가자는 또 다른 암흑상인들이었다.

족히 50은 되어 보이는 숫자.

나를 안내한 암흑상인이 그 광경에 대해 말했다.

"야차라고 불리는 종족입니다. 심장에 보석을 품고 살아가는 매우 특이한 녀석들이죠. 해부를 해보니 신체기관도 특이하더군요. 보석에 마력을 집중시키고, 모든 기관이 그 보석에 따라 움직입니다. 심장도 아닌 것이 심장 이상의 역할을……"

한 귀로 듣고 흘렸다.

예상대로였다. 새롭게 발견한 종.

바로 야차였다.

"보석에 따라 다루는 능력이 다르고, 신체적 능력치도 나쁘지 않습니다만, 저놈들이 품은 '보석'은 꽤 쓸모가 있습니다. 골렘을 움직이는 마정석이 있지 않습니까? 야차들의 격차가 있긴 하지만 그중에는 최상급 마정석의 대역으로 사용될 정도의 보석을 품은 놈도 있습니다. 대단하지 않습니까?"

대단하냐고?

그야 대단하긴 대단하다. 마정석은 귀하고, 최상급 마정석으로 움직이는 골렘은 능히 8Lv 이상의 괴물로 분류되니까.

물론 그에 걸맞은 육체를 만드는 게 더 비싸게 들긴 했지만.

또한, 처참한 광경이었다.

철창 안. 해부되어 내장을 보이며 눕혀져 있는 야차. 그리고 그 뒤에 40명 정도의 야차가 도열해 있었다. 전신에 상처가 가득했고, 아직도 발악하는 자들도 있었다.

"이거 풀어라! 풀고 정정당당하게 겨루자! 이 아귀 같은 자식들아!"

"검은 수레의 똥보다 못한 놈들!"

"나태한 알라무어 같은 놈들!"

욕인가 싶긴 했지만 과연 전사는 전사였다.

상인들마저 그 흉포함에 혀를 내두르는 것 같았다.

"보시다시피 성격이 매우 나빠서 보석을 빼내는 쪽으로 의견이 모아지고 있습니다. 노예의 인을 박아도 저 성격이 교정되긴 힘들 것 같더군요. 정신적으로도 괴롭혀 봤습니다만, 저놈들은 '악몽'이란 개념 자체가 없는 것 같았습니다."

야차. 그들은 전사다. 무력을 숭상하며, 약한 것을 극도로 싫어하는.

짐승 중의 짐승을 길들이려 하였으니 실패한 것이다.

하지만 내 눈은 한곳에 고정되어 있었다.

다른 야차들과 다르게, 조용히 고개를 숙이고 있는 자.

붉은 머리를 지닌 야차. 푸른 청염이 머리 위로 타오르고 있었다.

'구화랑.'

그가 있었다.

구화랑!

화련대의 대주이며 적룡 구화린의 오빠인 그가 말이다.

비록 조용히 있었지만 눈빛은 살아 있었다. 야수 그 자체였다. 다가오는 모든 걸 물어 뜯어버릴 것만 같은 기세. 내 기억으로 그는 야차치곤 유한 편이었지만, 저게 진짜 모습일 것이다.

하지만 청염의 세기가 약했다. 저 구속구가 움직임과 마력을 억제하고 있었다.

"경매에 참여하겠다."

"다른 상인들과 겨뤄야 합니다. 그것이 규칙인지라. 괜찮겠습니까?"

나는 답하지 않았다.

무언의 긍정이었다.

발걸음을 옮겨 그 가까이 다가가자, 모든 이의 시선이 쏠렸다.

"우리엘 디아블로?"

"그가 왜 이곳에?"

상인들이 수군거렸다. 데몬로드인 내가 이런 장소에 있는 게 이상하다는 듯이.

야차들의 반응도 거셌다.

"네가 이 시커먼 놈들의 두목이냐? 덤벼라, 덤벼보란 말이다!"

"젠장, 내게 검 한 자루만 있었어도!"

저들이 익히고 있는 무공. 다행히 그것에 대해선 제대로 파악하지 못한 듯했다. 누군가에게 팔려 나가서 무공의 존재가 알려진다면, 그 역시 골치였다.

"얼마까지 진행됐지?"

"저, 전부 다 해서 2만 2천 포인트까지 진행이 되었습니다."

진행자가 식은땀을 삐질 흘렸다. 데몬로드가 갑자기 나타난 상황에 당황한 것이다.

나는 그의 앞으로 다가가 가만히 팔짱을 꼈다.

"2만 3천. 이 이상이 있느냐?"

이어 상인들을 한 차례 노려봤다.

아주 강렬한 눈빛으로.

상인들은 여전히 입을 닫고 있었다. 갑자기 난입한 폭군. 아무리 암흑상인과 데몬로드가 불가침을 맺고 있다지만, 홀연히 나타난 나를 아예 무시할 순 없을 터였다.

2만 3천이면 당장은 부담스러울지 모르나 야차들의 가치를 생각하면 '거저'와 다름없었다. 특히 구화랑, 그의 가치는 심안으로 살핀 결과 10만을 넘어섰으니.

하지만 암흑상인들은 야차의 '보석'에만 중점을 두고 있었다.

마정석과 쌍벽을 이루는 야차의 보석은 확실히 활용 가치가 많았다. 길들여지지 않는 종족이라면 마정석의 값으로만 산정해도 이해가 갔다.

"가까이 와봐, 와보라고!"

"크아아아아!"

야차들이 발악을 했다. 가까이 다가가면 물어서라도 죽일 작정인 듯싶었다.

상인들이 혀를 찼다. 그러자 라이라가 앞으로 나섰다.

"어차피 길들여지지 않는 종족이다. 억지로 길들이려거든 시간과 더욱 많은 비용이 소모되지. 그뿐 아니라 무리를 해 정신을 지배하려 든다면 그 반발력으로 육체가 약해지거나 제대로 된 실력을 발휘하지 못할 것이다."

내가 괜한 것을 구매할 리 없다고, 그녀는 믿고 있었다.

심안을 통해 '꿰뚫어 보는 자'임을 라이라 디아블로는 알고 있기 때문이다.

그리하여 나를 돕고자, 다른 상인들을 납득시키고자 나선 것이었다.

틀린 말 또한 아니었다.

이곳은 1차 경매장이다.

이곳에서 상인들은 노예를 비교적 '싼값'에 사들이지만,

교육이나 지배하는 시간과 비용은 구매한 상인이 고스란히 져야 했다.

결국 손님들이 접하는 건 그런 식으로 '교육이 끝난' 괴물들 뿐이었다. 아예 알의 상태로 건너온 것을 제외하면 말이다.

라이라는 이어서 말했다.

"단순한 마정석의 값으로 2만 3천이면 충분할 테지. 그 이 상으로 소비를 행하며 과시를 부리겠다면 막지는 않겠다만, 과연 데몬로드께서 좋아하실진 모르겠구나."

"라이라 디아블로! 이곳은 신성한 경매의 장입니다. 그런 식으로 상인들을 위협하는 건 그만두십시오."

"흥, 위협이라? 오히려 감사해야 하는 것 아닌가? 저런 야 만적인 종족, 어느 데몬로드가 관심을 보일까? 데몬로드 외 의 존재가 저 야만적인 놈들을 다스리긴 힘들 듯한데…… 마 정석 값이라도 건지는 걸 다행으로 알아야지. 그 이상은 경 매를 방자한 폭리다."

그 이상의 값을 받겠다는 건 부당한 이득으로 간주하겠다 는 뜻이었다.

라이라의 말은 파급력이 있었다. 그녀는 나를 대신하여 오 랜 시간 '데몬로드 대행'을 맡았다. 이곳에 있는 모든 상인과 안면이 있다는 의미다.

게다가 그녀는 다른 데몬로드에는 부족할지 몰라도, 나름

'큰 고객'에 속했으니 마냥 무시할 수도 없을 것이었다.

그때 병사의 투구를 쓴 상인 하나가 말했다.

"빌어먹을. 2만 3천이면 이놈들을 잡는 데 들어간 본전도 못 됩니다!"

"너희들의 미련함을 우리에게 전가시킬 셈인가? 좋은 상품을 좋은 가격에 내놓는 게 너희들이 말하는 '상도덕'이었을 텐데?"

라이라는 한마디도 지지 않았다.

병사의 모자를 쓴 암흑상인들. 그들은 나찰계를 침투했다가 대다수의 병력을 잃었다. 수백이 들어갔으나 돌아온 숫자는 고작 이십여. 거의 전멸에 가까운 숫자였던 것이다.

라이라 덕분에 분위기가 넘어왔다. 동색의 왕관부터 날개가 달린 상인 모자를 쓴 이들이 다시 웅성대기 시작했다.

"확실히 비싼 감이 있군."

"저놈들을 교육시키는 데 5만 포인트는 거저 들어갈 거야. 정신 관련 마법은 굉장히 비싸니······."

"마정석 값만 쳐줘도 다행이겠군. 깔끔하게 도축하고 보석을 뽑아내는 것도 일이니까."

구매하고 교육하는 데 10만 포인트 가까이가 들어간다면, 그동안의 노력과 마진을 위해서 못해도 13만 포인트는 받아야 함이었다. 하지만 그만한 포인트를 감당할 존재는 데몬로드 외에는 거의 없었다. 그들의 구매욕을 돋우지 못한다면 결국 허공에 날릴 가능성이 높다는 뜻이다.

진행자가 한숨을 내쉬었다.

"2만 3천 나왔습니다. 2만 3천 이상으로 입찰하실 분 안 계십니까?"

암흑상인들이 서로의 눈치를 봤다. 막 잡힌 날것을 데몬로드가 직접 찾아와 입찰하는 경우는 없었다. 구경할 때는 있었지만, 그뿐이었다.

기본적인 교육조차 되어 있지 않은 노예를 누가 구하려 하겠는가. 용의 알과 같이 교육 자체가 필요 없는 것들을 제외하면 야생의 괴물들은 그다지 인기가 없었다.

하물며 야차들을 교육시키고 다시 재판매하는 것도 문제였다. 라이라 디아블로의 말마따나, 데몬로드들의 구매욕을 고취시키지 못한다면 그 손해는 고스란히 상인 자신이 져야 한다.

'이곳의 상인들도 하나로 뭉쳐 있진 않다.'

나는 작게 깨달을 수 있었다. 암흑상회라는 이름으로 묶여 있지만, 상인들 역시 '각자' 존재한다는 것을. 그들 또한 서로 경쟁하며 '격'을 높이고자 노력하고 있다는 사실을.

그들이 쓴 모자는 '지위'의 상징이다. 위대한 별의 하수인이라지만 더욱 많은 영광을 위해선 지위를, 격을 올려야 한다는 걸 어렵지 않게 예측할 수 있었다.

더불어.

'나찰계를 공격한 게 의도적이진 않았던 모양이군.'

내가 문을 열었듯이, 저들도 무작위로 생성된 문 안으로 들어간 게 전부인 것 같았다.

하지만 나찰계는 매우 강력한 곳이었고, 겨우 야차 40여 명 정도만 건져 올 수 있었다.

서고나 무공을 노리려고 의도하여 들어온 게 아닐 가능성이 무척 높았다.

물론 이런 식으로 많은 '세계'를 공격한다는 건 분명히 문제였다. 데몬로드들이야 심연에서의 전쟁이 어느 정도 마무리된 다음 지구로 향한다지만, 암흑상인들은 '약탈'을 위해 시시때때로 침략을 행한다. 저들의 발을 묶어놓을 좋은 방법이 없을까?

"야차 무리가 2만 3천 포인트에 '우리엘 디아블로'께 낙찰되었습니다. 축하합니다."

내가 생각을 거듭할 무렵 1차 경매가 마무리됐다. 진행자나 상인들과는 별개로, 병사 모자를 쓴 이들은 주먹을 꽉 쥐었다. 모든 병력을 소모해 가며 얻어 온 게 거저 팔려 나간 것이다.

하지만 자업자득이었다. 나는 고개를 돌려 라이라를 바라봤다.

"라이라."

"말씀하십시오, 로드시여."

이번 경매는 라이라의 도움이 컸다. 그녀 혼자였다면 절대로 하지 않았을 짓이다. 어쨌거나 자신의 자존심을 죽여가며 오로지 내게 도움이 되고자 솔선수범 나선 것이니. 과거의 일과는 별개로 굉장히 기특한 일이었다.

하지만 칭찬이 쉽게 입 밖으로 나오지 않았다.

"야차들을 챙기고 영지로 돌아가라. 나는 따로 할 일이 있으니."

"그 일이 무엇인지 물어도 되는지요?"

답하지 않았다. 그러자 라이라도 굳이 더 묻진 않았다.

대신 약간 서운하다는 듯 고개를 돌렸다.

"명을 따르겠습니다."

나 혼자 해야 할 일. 이곳 상인들의 뒤를 캐는 거다.

정확히는 저들이 어떠한 방식으로 '다른 세계'로 향하는지 알고 싶었다.

그것을 묻는다고 대답해 줄 리도 없으니, 뒤를 쫓을 수밖에.

라이라도 이에 대해선 모를 것이었다. 물건의 출처보단 '좋은 물건'을 구하기 위해 이곳을 찾는 자가 전부였기 때문이다.

나는 병사 모자를 쓴 암흑상인들이 건물의 뒤로 향하는 걸 보았다.

'대아귀도 함께 왔을진대.'

어디 있을까?

저 뒤를 쫓아가면 알 수 있을 것 같았다.

'칠흑의 손길.'

공간을 검게 물들이고, 죽음의 손을 소환하는 공격마법.

하지만 단순한 공격마법인 것은 아니었다. S랭크였고, 레벨이 오르면 그 어두운 영역 '안'으로 나 자신을 집어넣을 수도 있었다.

칠흑의 손길을 사용하자 수많은 검은 손이 나를 잡아당겼다. 검은 공간 안으로 들어간 나는 그대로 병사 모자를 쓴 암흑상인의 '그림자' 흉내를 내고 따라다니기 시작했다.

다행히 암흑상인들은 나를 눈치채지 못했다.

불가침의 영역이라지만, 공격만 하지 않으면 딱히 다른 제재를 받진 않는 듯싶었다.

20여 명. 병사 모자를 쓴 암흑상인의 숫자였다. 그들은 좁은 골목으로 움직이며 이야기를 나눴다.

"이대로 있다간 귀족위 반납은 확정이겠군. 2만 3천으로 다시 병력을 꾸려봤자 한계가 있는데."

"어떡하시려고요?"

"대아귀는 아직 죽지 않았겠지?"

"그래 봤자 시간문제 아니겠습니까? 앞으로 3일 정도면 다 죽을 겁니다."

"3일 안으로 빠르게 여장을 꾸려서 다시 '침투'를 할 수밖에."

"위험하지 않겠습니까? 다른 차원의 생물을 타 차원으로 들이면 제약이 큰데요. 저희가 움직이는 것도 무리가…… 차라리 해당 차원의 생물을 강탈하는 게?"

"시간이 없다. 게다가 대아귀라는 생물은 꽤 재생 능력이나 적응 능력이 탁월해. 저차원으로 침투하면 충분히 만회할 수 있을 거다."

"후우, 어쩔 수 없군요. 설마 그 정도로 상위 차원일 줄은 몰랐습니다."

"그 차원을 다스리는 자에게 '침투'하려 했지만 반대로 죽을 뻔했지. 빌어먹을! 백작급은 되어야 겨우 도전이나 해볼 수 있을 거다. 나는 이제 고작 준남작이니, 욕심이 너무 컸어."

그들의 대화는 따라가기 어려운 면이 있었다. 하지만 대아귀를 타고 다시 어딘가로 공격을 행하려 한다는 건 알았다.

저들 중 대장으로 보이는, 뿔이 달린 은색의 투구를 쓴 암흑상인. 그가 이 모든 일의 주범인 듯했다.

"로드 우리엘 디아블로. 그만 아니었으면 두 배는 받을 수 있었을 텐데."

"저희와 거래하는 자들이 있지 않습니까? 그들에게 부탁하면⋯⋯."

"아무리 그래도 우리 암흑인이 '위대한 별'의 후보인 데몬 로드를 공격할 순 없다. 그들끼리 이간질을 시키는 거라면 모를까."

"로드 카르페디엠과 사이가 좋지 않다고 들었습니다."

"우리에게 그와 연결된 '선'이 있던가?"

"'산을 마시는 설인'이 카르페디엠과 함께하고 있다고 들었습니다."

"산을 마시는 설인이라⋯⋯ 좋다. 카르페디엠을 밀어준다. 하지만 저차원 '침투'를 성공시키는 게 먼저다. 강등만은 막아야 해."

상인과 데몬로드 간의 '뒷거래'는 공식적으로는 불가하다. 하지만 데몬로드가 마냥 깨끗하게만 살아갈 리 없었다. 그것은 암흑상인들 역시 마찬가지였다.

보아하니 이런 식으로 채널을 열어놓는 모양이었다.

암흑상인들이 스스로를 암흑인이라 부르는 것도 퍽 신기했다. 한 글자 차이지만 전혀 다른 느낌이었다.

곧 그들이 암흑상회의 끝자락으로 향했다. 병졸 투구를 쓴 암흑인들이 몇 번이나 그들을 확인한 다음에야 그다음 장소로 나아갈 수 있었다.

'보안이 철저하군.'

그림자에 녹아들지 않았다면 진즉에 걸렸을 것이다.

'이곳은…….'

깊은 골짜기였다. 그 주변으로 수많은 암흑인이 있었다. 족히 수만은 되어 보였다. 모두 병사 계급인 것 같았으며, 지금 이 순간에도 계속해서 골짜기로 몸을 던지고 있었다.

"공개된 저차원으로의 입장을 허락해 주시오."

골짜기의 끝에 몸통만 한 구슬을 들고 있는 암흑인이 있었다. 그를 향해 병사가 다가가서 말하자, 구슬을 든 암흑인이 고개를 갸웃했다.

"개척은 안 하는 건가?"

"놀리는 거요? 개척에 도전했다가 다 죽었소! 나도 강등당하기 직전이란 말이오."

암흑인이 구슬을 들여다보며 말했다.

"흐음, 나찰계라. 고작 3%밖에 탐색하지 못한 건가? 이 정도면 18차원으로 지정해도 되겠어. 최소한 후작급은 되어야 도전할 만하겠는데."

"내 말을 무시하는 게요?"

"아아, 기다려 보게. 어디 보자, 3차원이 열려 있군."

"3차원이면 기껏 해야 카임 같은 짐승들밖에 없지 않소?

지금 나보고 짐승들이나 침탈하라고?"

"자네에게 허락된 저차원은 그곳뿐이야. 그러게 나찰계를 10%는 탐색하지 그랬나. 그랬으면 꽤 큰 보상이 주어졌을 텐데."

"후…… 젠장할. 어쩔 수 없지."

그가 거친 욕설과 함께 고개를 끄덕였다.

선택의 여지가 없는 것이다.

이윽고 구슬을 든 암흑인이 손가락을 뻗었다. 골짜기의 너머였다.

병사가 그곳을 향해 움직였고, 나는 여전히 그림자가 되어 병사의 뒤를 쫓았다.

이후 절벽 끝으로 다가가 골짜기를 내려다보았다.

쿠릉! 쿠르르르룽!

콰아아앙! 쾅! 콰르릉!

동시에 전신에서 소름이 돋는 걸 느꼈다.

골짜기의 아래.

수많은 검은색 소용돌이가 미친 듯이 휘몰아치는 장소.

마치 핵융합처럼 서로 뒤엉키며 수많은 폭발을 낳는 곳!

암흑인들이 골짜기를 향해 몸을 던졌다. 그 순간 그들은 대아귀의 모습으로 변모했다.

'대…… 균열!'

머릿속이 텅 비어버리는 것 같았다.

심연의 깊은 곳, 그곳엔 셀 수 없이 많은 균열이 존재하고 있었다.

# 16장
## 라이라 디아블로

영지로 돌아온 이후 나는 이가 갈리는 걸 막을 수 없었다.

전신이 떨렸고 분노를 주체하지 못했다.

놈들이다.

놈들이 균열을 넓히는 주범이었다.

'균열이 넓어짐에 따라 지구로의 침략도 자유로워진다.'

균열이 넓어지면 심연에서 지구로 향하는 제약이 점차 사라져 간다. 지금은 5Lv 정도가 한계지만 후에는 모든 짐승, 괴물과, 악마들이 지구로 향할 수 있는 것이다.

의문은 있었다.

균열은 어떤 식으로 넓어지는 건가? 시간이 지나면 저절로 커지는 걸까.

아니었다.

암흑인. 우리가 암흑상인이라 불렀던 그들.

그들이 세계의, 차원의 '침략'을 행할 때마다 균열은 넓어지고 있었던 것이다.

절로 주먹이 쥐어졌다. 세계의 파괴는 데몬로드가 주도했지만, 그 문을 열어준 건 결국 암흑인들이었던 셈이다.

'어떻게 해야 그들을 방해할 수 있지?'

고민했다. 머리가 부서져라.

물론 나 혼자 위대한 별을, 암흑상회를 부술 순 없다. 그 강력한 데몬로드들이 괜히 그들과 '불가침'을 맺은 게 아닐 터였다. 마음에 드는 건 때리고, 부숴서 얻는 게 그들이다. 하지만 그들조차도 암흑상회에선 온순한 양처럼 경매에만 참여하지 않았던가.

'데몬로드는 데몬로드로.'

암흑인들이 하던 말을 떠올린다. 암흑인은 데몬로드를 건드릴 순 없다는 말. 반대로 다른 데몬로드라면 가능하다는 그 말!

그렇다면…… 암흑인을 포섭한다면 어떨까.

'암흑인은 암흑인으로.'

순간 머릿속에 아주 작은 빛이 들어오는 기분이었다. 내가 건드리지 못한다면, 같은 암흑인끼리 서로 방해하도록 만들면 되는 것이다.

하지만 그 '선'을 어찌 만들어야 하는가에 대해선 숙제가 남아 있었다.

'그들은 계급주의다.'

그들의 계급은 마치 중세사회 같았다. 분명히 준남작, 백작, 후작 따위의 단어를 늘어놓았다. 말하자면 더욱 높은 계급이 되거든 그만큼 강한 '영향력'을 끼칠 수 있다는 뜻이었다.

그리고 그 정점에는 분명히 '왕'이 있을 터.

왕은 신하들의 의견을 듣고 모든 대사를 처리하는 법이었다. 말하자면, 왕의 측근에 끄나풀을 심을 수만 있다면 균열이 열리는 걸 막을 수 있을지도 모른다는 것이다!

'암흑인을 지배한다면?'

내가 가진 지배자의 권능.

분명히 암흑인을 지배할 순 있었다. 그들 역시도 'value'가 떠올랐다. 각자 가치가 다르고 지배의 대상에 들어온다는 것이다.

하지만 신중해야 했다. 내가 지배한 암흑인이 다른 암흑인에 의해 탄로 나게 될 경우, 그 후폭풍은 지난할 터였다.

나 정도의 약소 데몬로드 하나쯤은 그 즉시 정리될지도 모른다. 그들이 당장 카르페디엠에게 조금의 힘만 실어줘도 힘들어질 게 자명했으므로.

'심는 대상을 골라야 하고, 나 자신의 힘도 키워야겠군.'

결론을 내렸다. 그게 무엇이든 소홀히 해선 안 된다고.

나는 그동안 '오한성'으로서의 나만을 중요시하고 있었다. 우리엘 디아블로의 몸에 다시 들어오지 못하는 경우의 수도 계산한 것이다. 그리하여 우리엘 디아블로가 내가 다져 놓은 기반으로 성장하거든 죽 쒀서 개 준 꼴만 날 수도 있었다.

하지만 이제는 이판사판이었다. 나는 그 가능성을 배제했다. 설혹 그럴지라도, 오한성으로서의 나를 더욱 빠르게 성장시키면 될 뿐이었다.

최대한 균열이 열리는 걸 늦추고 데몬로드들을 방해하는 건 이로 보나 저로 보나 마찬가지였기 때문이다.

"로드시여, 야차들을 데리고 왔습니다."

성안. 나는 왕의 좌에 앉아 그들을 내려다보았다.

포박되어 옮겨진 야차들. 그중에는 '구화랑'이 있었다.

그들은 나를 올려다봤다. 지금 나는 저들과 비교할 수 없는 존재였다. 아무리 그들이 강하다고 할지라도 데몬로드를 어찌할 순 없으니.

"우리를 어떻게 할 셈이지?"

구화랑, 그가 대표하여 물었다. 사나워 보이는 눈빛은 여전했다.

적룡 구화린의 친오빠이며, 화련대의 대주를 맡고 있는

강자.

나는 그의 처리를 두고 고민하는 중이었다.

경매에서 그를 구매한 순간 '지배자의 권능'이 발휘되긴 하였다. 하지만 온전하진 않았다.

[지배자의 권능이 발휘되었습니다. 그러나 야차의 보석, 야차의 혼은 '지배'의 힘으로부터 저항을 지니고 있습니다. 이는 '위대한 전사'가 그의 후계자인 야차와 나찰에게 내리는 영구적인 축복의 힘입니다.]

지배 저항!

효과가 아예 없진 않았지만 완벽하지도 않았다.

위대한 전사가 누구인지는 몰라도 야차들이 품은 보석엔 그러한 효과가 있었던 모양이다.

'권능도 만능은 아니었군.'

하기야 권능이 만능이었다면 다른 데몬로드도, 거신 또한 지배할 수 있었으리라. 그게 불가능한 건 지배자의 권능이 완전하지 않다는 방증이었다.

나는 짧게 답했다.

"너희들은 나를 위해 싸우고, 지키며, 죽을 것이다."

구화랑이나 다른 강한 야차들을 놀릴 순 없는 노릇이었다.

특히 구화랑, 그는 8Lv을 넘어선 초강자 중 하나였다.

그가 나를 위해 싸워준다면 카르페디엠과의 전쟁이 한결 수월해질 것이다.

내가 가진 것 중에서도 그와 견줄 수 있는 건 라이라뿐이었다. 이그닐과 이타콰는 아직 성장을 덜 했다.

구화랑이 눈썹을 치켜들었다.

"누군지도 모르는 자를 위해 목숨을 걸고 싸우라?"

"나는 우리엘 디아블로다. 구화랑, 너의 새로운 주인이지."

"⋯⋯!"

구화랑이 눈을 크게 떴다. 어째서 자신의 이름을 내가 알고 있는지 의아할 것이다.

하지만 내가 나찰산에서 가장 먼저 눈을 떴을 때 본 게 구화랑, 그였다. 심안이 없더라도 모를 수가 없다.

하지만 구화랑이 이내 표정을 굳히며 말했다.

"묘한 자로군. 하나 나는 나보다 약한 자를 위해 싸우지 않는다. 이는 다른 야차들 또한 마찬가지다. 아니⋯⋯ 설혹 우리엘 디아블로, 그대가 나보다 강하다고 할지라도⋯⋯."

"돌아가게 해주마."

"⋯⋯뭐?"

나는 나른한 목소리로 말했다.

"나를 위해 최선을 다하라. 그리하면 나찰각으로 너를 돌려보내 줄 것이다. 또한, 나찰각의 모든 것이 죽고 사는 건 나에게 달렸다."

허언이 아니다. 확신할 수 있었다.

나찰각의 결계는 뚫린다. 108결계이니, 그보다 더한 것을 친다고 할지라도 암흑인들이 다시금 침공을 시작할 것이다.

결국 시간문제였다.

문득 나찰, 월천을 만났던 때를 떠올렸다.

그는 나를 '찬탈자'라고 했다. 내가 찬탈자이니 그를 쫓던 이들이 나를 찾지 못할 것이라고.

생각해 보면, 나는 나찰계의 인간이 아니었다. 암흑인들도 그 세계의 주민이 아닌 나를 찾지 못하는 게 당연했다.

어쩌면 월천은 암흑인들에게 쫓기고 있던 것이 아니었을지.

나찰각은 그때 이미 멸망한 것이다.

그곳이 멸망하지 않으려면, 미래를 바꾸려면, 나밖에 없다.

민식이가 나찰계에 당도할 때엔 이미 많은 게 늦을 수 있었다. 게다가 민식이는 '인류의 영웅'이 될 생각이지, '나찰계의 영웅'이 될 생각은 추호도 없으므로.

결국 그들이 죽고 사는 건 내 노력에 달렸다고 해도 과언이 아닌 것이다.

"너는…… 대체 누구지?"

구화랑의 얼굴에 미묘한 풍파가 일었다. 어찌하여 그 모든 걸 내가 알고 있냐는 태도다.

하지만 나로선 밝힐 이유가 없다. 내가 오한성이라고 하여도 그가 믿을 리 없었다. 이 상태에선 더욱 의심만 살 것이었고, 의심을 사지 않는다고 할지라도 나는 침묵할 것이었다.

대신.

"우리엘 디아블로. 너의 새로운 주인이 될 자."

이 하나만은 확실히 새겼다.

그리고 라이라를 향해 말했다.

"라이라, 저들에게 누가 위인지 알려주도록."

"괜찮겠습니까?"

"쉽지 않은 상대다. 너 또한 최선을 다해야 할 것이다."

라이라가 작게 미소 지었다.

그 미소는 자신감으로 가득 차 있었다.

"걱정 마시옵소서, 로드시여. 저는 약한 적을 상대할 때도 최선을 다한답니다."

어련할까.

나 역시 그녀의 말이 진실임을 알고 있었다.

'괜찮겠습니까?'라고 물었던 건, 약하게 상대할 줄을 몰라 야차들에게 큰 상처를 줄 수도, 혹은 죽일 수도 있기에 내게 확인한 것이었다.

이에 나는 허락했고, 그녀가 날개를 펼쳤다.

촤르륵!

그리고 라이라가 그들의 구속구를 잘라냈다.

마력이 돌아오고 육체적 제약이 사라지자 야차들의 눈빛에 생기가 돌았다.

주로 흉흉함만이 가득했다.

지배자의 권능마저 제대로 통하지 않는 게 야차다. 암흑상인들조차 그 흉포함에 혀를 내두르지 않았던가.

구속구를 푸는 순간 공격을 해오리란 사실은 자명했다.

나는 그들이 움직이기 전에 천천히 입을 열었다.

"약속하지. 라이라를 이긴다면 너희는 자유다."

"자유? 돌아가게 해준다는 말인가?"

"그렇다."

구화랑이 숨을 크게 들이마셨다.

"그 말을 어떻게 믿지?"

"믿지 않으면 어쩔 셈이지?"

"너를 죽이겠다."

데몬로드를 죽이겠다, 라. 나에게 하는 말임을 알면서도, 마음에 들었다.

"그럼 돌아갈 수 없을 텐데?"

"이곳에 있는 모든 자를 죽이면 그중 하나는 우리에게 길을 안내해 주겠지."

웃음이 나오려는 걸 참았다.

막으면 뚫고, 뚫어도 안 된다면 부숴 버리겠다는 의지.

따르게만 만들면 큰 힘이 되어줄 건 자명했다.

"믿고 안 믿고는 너희의 자유이다."

그러자 구화랑이 고개를 끄덕이곤 말했다.

"우리는 다치고 굶주렸다. 무기라도 쥐여 주는 게 공평할 거 같은데."

"라이라."

"예."

라이라가 손을 한 차례 휘저었다.

그러자 허공에 아공간이 나타나며 각종 무기가 쏟아졌다.

명품이라 칭할 건 없지만 대충 휘두를 정도는 되는 것들. 모두 라이라가 상대를 죽이고 빼앗은 전리품이었다. 좋은 건 모두 팔고 적당한 무기들만 남은 것 같았다.

"손에 익은 무기로 골라라. 이게 버릇없는 너희들의 마지막 핑곗거리이니."

라이라의 말에 가시가 솟아 있었다.

나를 대하는 구화랑의 태도가 굉장히 마음에 안 든다는 것을 숨기지 않는 모습이었다.

반대로 구화랑은 미소를 지었다.

그가, 그들이 익힌 무공. 적당한 무기만 주어진다면 라이라 하나쯤은 이겨볼 수 있다고 생각하는 것 같았다.

하긴 쉬운 상대는 아니다. 구화랑의 종합 능력치는 415. 다른 야차도 300 언저리는 됐다. 거기다 40에 달하는 숫자였으니, 라이라도 방심하는 순간 패배할 가능성이 있었다.

'궁금하군.'

나도 조금은 기대되었다.

라이라가 과연 인간이 아닌 야차들을 상대로도 과거 내가 보았던 '전율과 학살의 여왕'의 모습을 보여줄 수 있을지.

물론 진다는 생각은 안 했다. 라이라도 바보는 아니었다. 호언을 했다면, 마땅히 그 호언에 걸맞은 모습을 보여줄 것이다.

이윽고 야차들이 모두 무기를 골랐다.

그러자.

좌르르륵!

라이라의 발밑에서 가시가 솟아났다.

수많은 가시가 라이라의 전신을 감싸고 모여들며 은색의 가면을 만들었다.

가면은 그녀의 얼굴 절반을 덮고 있었다.

이어 라이라가 오른손을 들었다. 그러곤 입술로 손바닥을 한 차례 핥자, 피 한 방울이 손을 타고 흐르며 바닥에 떨어졌다.

순식간에 바닥으로 퍼져 나간 피가 마법진을 만들었다.

육망성의 마법진이 전개되자 바닥에서 까만색의 검 한 자루가 떠올랐다.

마검 검은 태양.

전율과 학살의 여왕을 대표하는 무기였다.

카르페디엠이 쉽게 나의 영지를 넘보지 못했던 결정적 이유.

그것을 라이라가 쥐는 순간.

스아아아아아아악!

그녀의 전신에서 검은색의 아지랑이가 피어올랐다.

마치 광전사와 같았다. 하지만 이지를 잃진 않았다. 마검 따위에 지배당하기에 그녀의 정신은 너무나도 위대했으므로.

은색의 가면 뒤로, 라이라가 고혹적인 미소를 지어 보였다.

"나도 무기를 들었으니…… 그럼 시작해 볼까?"

그녀만을 위한 무대가 갖춰졌다.

라이라의 미소를 바라보던 야차들은 한순간 멈칫했다. 겉으로 느껴지는 마력조차도 갑작스럽게 그 밀도를 달리한 것이다. 바람에 흩날리던 공기가 전신에 끈적끈적하게 달라붙어 마치 늪처럼 다가왔다.

'검은 태양을 쥐었을 때, 라이라 디아블로의 본모습이 나온다.'

나는 안다. 누구보다도 더 사무치게 잘 안다.

백 명이 넘는 영웅이 라이라 디아블로의 손에 의해 죽었다.

영웅이라 함은 보통 능력치 총합 400에서 450 사이, 혹은 그 이상의 사람들을 일컫는 말이었다. 아니면 아주 특별한 힘을 지녔거나.

데몬로드도 아닌 그녀가 절대로 홀로 상대할 수 없는 수치인 것이다.

하지만…….

검은 태양. 그리고 그녀가 유일한 '가시의 여왕'임을 알려 주는 은색의 가면.

그 두 가지를 갖춘 그녀는 지치지 않고 싸울 수 있다. 적이 존재한다면, 단순히 검을 부딪치는 것만으로도 상대의 마력을 '강탈'할 수 있기 때문이다.

그녀를 상대하는 방법은 오로지 하나뿐이었다.

한 번에, 단 한 순간의 순간에 그녀를 웃도는 마력으로 전신을 파괴시켜야만 한다. 그러지 않으면 그 마력조차도 흡수하여 미친 듯이 검을 휘두르는 게 라이라 디아블로라는 존재였다.

나는 검은 태양을 더 자세하게 바라봤다. 그러자 심안이 열리며 검에 대한 더욱 상세한 내용이 떠올랐다.


**〈검은 태양(value-???)〉**

-주인된 자의 정신을 갉아먹는 마검.

- '라이라 디아블로'를 주인으로 인식한 상태.

-부딪히는 것들의 모든 마력을 빨아들여 주인의 힘으로 전환함.

-마력이 한계치에 다다르면 '검은 태양(10Lv)' 사용 가능.

-사용하면 사용할수록 피와 살육에 미치게 된다.


가치를 알 수 없었다. 주인에 따라서 능력을 달리하기 때문인지, 아니면 이 마검 자체가 '심안'으로는 볼 수 없을 정도의 격을 지닌 것인지는 알 수 없지만, 설명만 보더라도 얼마나 말이 안 되는 무기인지 알 수 있으리라.

상대하게 되거든 최대한 빠르게 죽이지 않으면 안 되는 이유.

마력을 흡수하고 그로도 모자라 한계에 다다르면 '검은 태양'을 사용하기 때문이다. 무려 10Lv의, 데몬로드조차도 경계하게 만들 만큼의 초월마법이었다.

'시리아의 희생이 없었다면 모두 죽었을 것이다.'

그때를 회상한다. 태양이 까맣게 물들었을 때, 그 광범위한 마법이 펼쳐졌을 때…… 시리아가 자신을 제물로 바쳐 '세크리파이스'를 발동시키지 않았다면 대부분의 영웅이 몰살당했을 것이다. 시리아 덕분에 50명 정도가 죽는 것으로 겨우 끝낼 수 있었다.

그 반발력으로 라이라 디아블로도 빈사 상태에 빠졌지만,

검은 태양은 그만큼 위력적이었다. 감히 공격마법에 있어선 S랭크를 뛰어넘지 않았을는지.

그녀가 성의 바깥으로 향하자, 야차들도 성 외부에서 진열을 갖췄다.

"적은 하나다. 십팔나한진(十八羅漢陣)을 양으로 짜고 상대한다."

구화랑은 한없이 진지했다. 살살해서는 안 되는 상대라고 본능적으로 깨달은 것이다. 오히려 자신보다도 '강자'임을 인정했기에 가장 강한 진법으로 싸우려고 하고 있었다.

야차는 기본적으로 자기 자신보다 약한 이를 '적'이라 부르지 않는다. 하지만 구화랑은 라이라를 적으로 인식하고, 더 나아가 극복해야 할 대상으로 바라보는 중이었다. 눈빛에서부터 강렬한 투지가 느껴졌다.

십팔나한진은 18명이 각각의 방위를 담당해 짜인 견고한 진이다. 그걸 두 개로 나누어 짜고, 양방향에서 라이라를 압박할 셈이었다.

십팔나한진이 형성되자 높은 산이 생긴 기분이었다. 대아귀를 상대할 때 야차들이 저런 식으로 뭉치는 걸 보긴 했지만, 확실히 효율적이었다.

'마력의 흐름을 공유하는군.'

무엇보다 진의 형성에 참여한 18명의 야차는 서로가 가진 마력을 공유하는 듯했다. 더욱 빠르고, 단단하며, 강력했다. 저 진을 마주한 적들은 어디부터 공격을 해야 할지 혼란에 빠질 것이었다.

나 역시 서고에서 저 진법을 본 적이 있었다. 최소 열여덟 명, 최대로는 500명까지 참여하여 보다 강한 적을 상대할 수 있는 방법.

진을 깨려면 진의 중심이 되는 자를 없애거나, 진 전체를 뭉개 버려야 했다.

하지만 라이라는 코웃음을 쳤다.

그녀가 발을 뗀 순간…… 전신에서 피어오르던 검은 아지랑이가 채찍처럼 휘둘러지며 바닥을 때렸다.

콰르릉!

촤악!

대지가 흔들렸고, 그 순간 수많은 거대한 가시가 바닥에서 솟아올랐다. 그녀에겐 어떤 진형이라도 부술 수 있는 압도적인 힘이 있었다.

천적. 힘을 합쳐 상대하는 자들을 농락하는 전율의 여왕이 바로 그녀였다.

"크아아악!"

"제기랄!"

십팔나한진이 순식간에 붕궤됐다.

"흐트러지지 마라! 빠르게 대열에 합류해!"

구화랑이 외쳤지만 그 틈을 놓칠 라이라가 아니었다.

콰득!

쿠웅!

라이라가 검을 휘두를 때마다 한 명의 야차가 튕겨져 나갔다. 가까스로 막는다고 할지라도 애당초 기본적인 능력의 차이가 너무 크다.

게다가 격돌할 때마다 라이라의 전신에서 피어오르는 검은 아지랑이가 더욱 거세지고 있었다. 마력을 흡수하고 있는 것이다.

그것을 구화랑도 알았다. 라이라 디아블로, 그녀는 양으로 어찌할 수 있는 자가 아니라는 걸. 숫자를 믿고 싸워볼 만하다고 생각했으나 자신의 착각이었다는 것을!

"이런 괴물 같은······!"

십이나찰과 싸우면 이런 느낌일까. 이러한 '격'의 차이를 느끼게 될까. 구화랑은 표정을 굳히며 청염을 더욱 태웠다.

이어 검을 들었다. 검 위로 푸른색의 강기가 맺혔다. 검강(黔剛)처럼 선명하진 않지만 그 바로 아래 단계의 검기(劍氣)라 칭할 수준은 되었다.

수준급의 검사만이 사용 가능한 기술이며, 철검 정도는 가볍게 잘라낼 수 있는 절삭력을 더해준다.

채애앵!

차아앙!

구화랑이 본격적으로 나섰다. 그녀를 막을 수 있는 게 그뿐이라는 걸, 다른 야차들이 합류해 봤자 오히려 불리해지기만 한다는 걸 깨달았기 때문이다.

하지만 검이 부딪히면 부딪힐수록 검기가 위태롭게 흔들렸다.

형상화시킨 기운마저도 저 검은색의 검은 흡수해 버리고 있었다.

쿵! 쿵! 쿠아앙!

검을 내려칠 때마다 구화랑의 발이 바닥을 파고들고 있었다.

한 번 격돌할 때마다 근육이 파열했다.

그뿐만이 아니었다. 라이라의 눈빛이 붉게 물들었다.

"……!"

그 눈을 마주한 구화랑마저 몸을 떨었다.

피를 보고 살육에 미친 악귀를 마주한 것만 같았다.

대전사인 그조차도 라이라의 눈빛에 겁을 먹고 있었다. 이는 결코 있을 수 없는, 있어서도 안 되는 일이었다. 구화랑이 이를 악물었다.

"크아아아아아!"

구화랑이 비명을 내질렀다. 그러자 이내 검이 타올랐다.

청염구봉. 9성에 이른 그 무공은 닿는 모든 걸 태워 버릴 수 있었다.

라이라의 전신으로 청염이 옮겨 갔다. 청염은 결코 쉽게 꺼지는 성질의 불이 아니다. 하지만……

후우욱!

더욱 차가운 성질의 기운이 라이라의 주변을 맴돌기 시작했다. 이윽고 청염이 꺼지자 한기가 몰아쳤다. 그녀가 가진 스킬 중 하나인 '비정'이었다. 모든 감정을 지우며 동시에 자신에게 닿은 것들을 '무효화'시켜 버리는 기술.

악귀와 같은 붉은 눈은 사라졌지만 대신 그녀의 눈이 한없이 낮게 가라앉았다.

꿀꺽!

구화랑이 침을 가득 삼켰다.

그리고…….

챙! 채에엥!

검을 던졌다.

이후 양손을 들었다.

"내가…… 우리가 졌소."

정해진 결과. 발악해도 뒤집을 수 없다는 걸 깨닫자 포기한 것이다.

구화랑의 항복 선언을 시작으로 모든 야차가 무기를 버렸다.

촤악!

구화랑의 오른팔이 날아간 건 그 순간이었다.

라이라는 멈추지 않았다. 그녀의 눈은 지저 밑바닥까지 가라앉아 있는 듯했다. 한 점의 감정이 느껴지지 않고, 오로지 상대를 죽이고자 검을 휘두르고 있었다.

"크흑! 잠깐, 졌다고 하지 않소!"

잘려 나간 팔을 주울 시간조차 없었다. 어느새 시꺼먼 아지랑이가 라이라의 전신을 가득 채우고 있었다. 전신이 보이지도 않을 만큼 까맣게.

"제기랄!!"

구화랑이 급히 몸을 피했다. 야차들도 마찬가지였다.

라이라의 검이 아슬아슬하게 구화랑의 목을 스쳤다. 전과는 전혀 달랐다. 오로지 죽이기 위해서 검을 휘두르고 있었다.

'마검과 비정의 부작용이 합쳐진 건가?'

설마 이런 현상에 직면할 줄은 나도 예상하지 못하고 있었다.

나는 손을 들어 막아설 준비를 했다.

칠흑의 손길로 움직임을 막고, 그로도 부족하면 어쩌면 전면전을 벌여야 할지도 모른다.

"라이라."

나는 힘을 주어 그녀의 이름을 불렀다.

그러자.

뚝!

라이라의 움직임이 멈췄다. 그러곤 고개를 돌려 나를 쳐다봤다.

효과가 있었다. 나는 다시 한번 입을 열었다.

"멈춰라. 지금 모습은 너와는 어울리지 않으니."

힘을 주어 말했건만, 효과가 있다고 생각한 게 착각이었을까?

이윽고 라이라의 검이 나에게 향했다.

라이라의 의지라기보단 검 자체가 마음대로 움직이는 느낌이었다.

하지만 동시에 라이라의 무표정하기 그지없던 얼굴에 균열이 생겼다. 눈살을 찌푸리고, 몸을 떨며 검을 내게 향한 검을 되돌리려고 노력하기 시작했다.

그러자 라이라의 전신을 좀먹던 검은 아지랑이가 조금씩 얕아졌다.

채에엥-!

잠시 후, 원래의 눈빛과 표정으로 돌아왔을 때, 그녀가 마검 검은 태양을 바닥에 떨어뜨렸다.

"아……."

어쩔 줄 몰라 하는 표정. 당황한 기색이 역력했다.

그러곤 온몸을 덜덜 떨었다. 이어 무릎을 꿇곤 머리를 양 손으로 부여잡았다.

"죄, 죄송…… 죄송해요. 죄송해요."

마치 큰 잘못을 저지른 어린아이와 같았다. 라이라 디아블로의 이런 모습은 과거에도 본 적이 없었다. '전율의 여왕'이란 이명을 가진 그녀였고, 결코 흔들리지 않던 그 강함에 반해 알레테이아와 같은 극적인 조직들이 그녀를 우상화하기도 했을 정도다.

한데 이 모습은 그 이명과는 분명히 동떨어진 것이었다.

"죄송해요. 죄송해요. 죄송해요……."

끝없이 '죄송하다'는 말만을 반복하고 있었다.

'불안정했군.'

그제야 나는 깨달았다. 마검이 너무 강력했던 것이다. 그녀의 정신을 온전히 침범하진 못했지만, 계속해서 사용할 경우 잠시 이성을 잃도록 만드는 정도는 가능했던 것이었다.

'너무 흥을 냈어.'

라이라 디아블로. 생각해 보면 내가 깨어난 이후 그녀가 제대로 무력을 선보인 건 처음이었다. 라이라의 기준에선 100년 만인 것이다.

그동안의 자신의 성장을 제대로 어필하기 위해 과도하게 흥을 내다가 이 상황에 직면한 게 아닐는지.

어찌해야 할까.

나는 무겁게 자리에서 일어났다.

솔직히, 정말로 솔직히 말하자면, 나는 아직도 라이라 디아블로를 용서할 수 없다. 용서할 수 있을 리가 없었다.

시리아를 죽였고, 내 친우들을 죽인 건 라이라 디아블로였다. 비록 이제는 없는 일이 되었다고 하더라도…… 결코 잊을 수 없는 기억.

'전이'를 피했던 이유 중 하나엔 그녀가 포함되어 있었다. 그녀의 그 헌신적인 모습을 볼 때마다, 가증스러움과 알 수 없는 묘한 기분이 전신을 휘감았기 때문에.

나는 자리에서 일어나 그녀에게로 다가갔다.

그리고…… 천천히 손을 벌려, 라이라 디아블로를 안았다.

그 작은 등을 천천히 토닥이며, 말했다.

"미안해 마라. 너에겐 잘못이 없다."

잘못이…… 없을까?

정말로 없는 걸까.

이미 지나간 일이니, 일어나지 않은 일이니, 없던 일로 치부해야 하는 건지.

그녀 역시도 우리엘 디아블로를 지키기 위해 필사적이었

을 뿐이다. 서로가 서로를 지키기 위해 최선을 다했을 따름이었다.

작은 동물처럼 움츠려 울고 있는 라이라 디아블로. 불안정한 그녀를 보듬어줄 수 있는 것 또한 나밖에 없었다. 그녀를 바라보는 내 머릿속이 복잡했다.

너무나도.

너무나도…….

나름 비싼 물약을 공수해 와 구화랑의 오른팔에 부었다. 잘려 나간 부위가 살점과 이어지며 조금씩 봉합되기 시작했다.

"말해주시오. 나찰각의 모든 것이 죽고 사는 게 그대의 의지에 달렸다는 것이 무슨 뜻인지."

구화랑이 엄습해 오는 고통에 눈살을 찌푸리며 말했다.

나는 다시금 왕좌에 앉아, 어디까지 전해 줘야 할지에 대해서 고민하곤 입을 열었다.

"너희를 공격한 '암흑인'들. 그들은 모든 세계를 침략하는 침략자들이다. 야차와 나찰, 대라선이 아무리 강하다고 할지라도 무한정 쏟아지는 암흑인들을 모두 막진 못할 테지."

"암흑인? 그것을 그럼 그대가 막을 수 있다는 뜻이오?"

"어쩌면."

"어쩌면?"

나는 팔걸이에 손을 올렸다.

"나와 같은 존재가 71명이 더 있다. 그들과의 전쟁에서 승리하면 나는 '위대한 별'이 될 수 있지. 암흑인들을 내 뜻대로 움직이는 권한을 갖게 될 것이다."

"확신하진 못하는군."

"되어본 적이 없으니까."

어깨를 으쓱하자 구화랑이 심각한 표정을 지어 보였다.

"그대가 최후의 1인이 되었다고 쳐도 약속을 지킨다는 보장이 어디 있소?"

"이그닐."

샤아아!

이그닐이 뒤뚱대며 걸어와 내 곁에 섰다.

"내 말에 거짓이 있더냐?"

도리도리.

이그닐이 고개를 저었다. 용은 진실과 거짓을 구분할 줄 안다고 전해진다.

"지금 나를 웃기려고 그러는 것이오?"

"아쉽군. 나름 진심이었는데."

피로했다. 라이라 디아블로. 그녀의 그러한 모습을 봐서일까. 정신을 차린 라이라가 추한 모습을 보였다며 깊숙하게 고개를 숙이곤 성안으로 돌아갔지만, 아직도 내 머릿속엔 그 모습이 재생되고 있었다.

나른한 목소리로 말했다.

"내 목적은 세계 멸망이 아니다. 심연 자체만으로도 충분히 넓은데 뭐하러 남의 땅을 침략하지?"

"그렇다면……?"

"나는 평화를 바란다."

진심이었다. 나는 평화를 무엇보다 높은 가치로 두고 있었다.

구화랑이 피식 웃었다.

"농담치곤 너무 재미가 없는 걸 보니, 아주 거짓은 아닌 거 같은데."

구화랑은 주변을 둘러봤다.

자신과 함께하는 야차들. 그들이 죽고 사는 것 역시 '나의 선택'에 달렸음을 알고 있는 것이다.

나는 마지막으로 말했다.

"너희가 목숨을 아끼지 않는다는 걸 안다. 하지만 이왕 버릴 거라면 조금이라도 더 가치 있게 사용하는 게 좋지 않겠나?"

이대로 죽어봤자 개죽음이다.

그러자 구화랑이 한숨을 푸욱 내쉬었다.

"그대는 아마도 십이나찰보다 강한 존재겠지. 어쩌면 대라선과 비슷할 수도……. 그만한 존재가 쉽게 거짓을 입에 담지는 않으리라 믿소. 그러니 약속 하나만 해주시오."

"나찰각과 네 동생을 지켜주마."

구화랑의 여동생 구화린. 그녀도 지켜주겠다고 말했다.

구화랑이 구화린을 끔찍이 아낀다는 걸 나찰각의 경험을 통해 알고 있었다.

"……정말 묘한 자로군. 그대는 안 봐도 볼 수 있는 능력이라도 지닌 건가?"

"비슷하다. 지금 나찰각에선 너와 야차들이 사라진 걸 두고 '제(祭)'를 지내고 있지."

진짜로 본 것을 말하자 구화랑이 미심쩍다는 표정을 만들었다.

"그럼 내 동생, 그 아이는 어쩌고 있소?"

"고작 대아귀 따위에게 죽었냐며 네 초상화를 발로 뻥뻥 차고 있다."

"제기랄. 믿지 않을 수가 없군."

곧 구화랑이 무릎을 꿇었다.

그가 무릎을 꿇자 다른 야차들도 무릎을 꿇었다.

"따르겠습니다."

"따르겠습니다!"

내 입가에 잔잔한 미소가 어렸다. 완벽하진 않지만 야차들의 신뢰를 얻었다. 그들의 무력, 지식 등은 모두 도움이 될 것이었다.

더불어 나찰각이나 나찰계에 대해서도 보다 자세히 파악하게 될지 몰랐다. 그러한 정보들도 나름대로 다 쓸모가 있는 법이었으니.

잠시 후 고개를 든 구화랑이 입을 열었다.

"그럼 저희가 해야 할 일을 알려주십시오."

이왕지사 마음을 정했으니 사력을 다해 싸우겠단 투지가 느껴졌다.

과연, 저 의지는 마음에 든다.

나는 가볍게 말했다.

"슬라임."

"슬라임?"

"슬라임을 사냥해 오라."

구르망디. 그가 사업과 관련하여 하고 싶은 이야기가 있다고 했다.

구르망디를 불러들이자 그가 해골을 바스락대며 흥분하여

말했다.

"부디 '진화'의 방법에 대해서 알려주시지 않겠습니까?"

간절한 음성이었다. 단순한 '동업'의 관계였다면 저처럼 간절할 리가 없다. 그는 마법사고, 연구가였다. 필시 슬라임이 진화하는 방법에 대해서도 파헤치려 했을 것이다.

'하지만 진화는 권능의 힘이지.'

지배자의 권능. 그리고 천지인의 힘이 합쳐지며 이뤄낸 현상이었다. 하나만 얻어도 기적과 같은 능력 두 개가 합쳐지며 '진화'라는 특별한 힘을 낳은 것이었다.

아마도 그가 별반 이득도 안 되는 재고를 내게 넘긴 것도, 그 연구를 위해서일 가능성이 높았다. 7:3이라고 해봐야 원재료값을 제외하면 하나가 팔릴 때 구르망디에게 남는 건 고작 수십 포인트였다.

재고를 파는 일이라 하여도 손해만 안 났다뿐이지 거의 남지 않는 수준이다. 그러나 구르망디는 수락했다.

진화. 그 원리를 밝혀내기 위해.

"알아낼 수 없었던 모양이군."

"그, 그것이."

구르망디가 당황했다. 하지만 뻔히 보이는 수였다.

구르망디는 자선사업가가 아니고 리치다. 리치는 대개 성격이 음습하고 나빴다. 뒤에서 무언가 수작을 부리리라는 건 굳이 안 봐도 알 수 있었다.

"괘념치 않노라. 어차피 알아내지 못할 걸 알았으니."

"……어떠한 연금술로도 슬라임이 진화하는 과정을 밝혀내지 못했습니다. 여러 가지 변수를 따져 봤습니다만, 오로지 우리엘 디아블로 님이 잡아들인 슬라임만 진화를 했지요."

구르망디의 연구욕은 상상 이상이었다.

나는 잠시 고민했다. 공간의 보석이 재고가 떨어졌으니 재협상을 해야 함이었다.

그러니 내가 유리한 고지를 계속해서 점하려거든 진실이 밝혀져선 안 된다. 단지 그가 더욱 연구에 열을 올리도록 미끼를 던져야 했다.

"진화는 세대를 거듭하면서 하는 법이다. 환경에 적응하고, 천적들로부터 자신을 지키기 위해. 나는 단지 그사이의 시간을 줄였을 뿐."

"그, 그러니까! 대체 그 방법이란 게 무엇입니까?"

"라이라, 그것을 가져오라."

라이라는 다시금 차가운 얼굴로 내 옆에 자리하는 중이었다. 언제 그런 일이 있었냐는 듯, 오히려 전보다 더욱 차가운 표정으로 말이다.

그녀가 고개를 한 차례 숙이곤 창고로 들어가 '그것'을 가져왔다.

그것을 본 구르망디가 고개를 갸웃했다.

"퀸 슬라임이 아닙니까?"

"이 퀸 슬라임은 곧 분열할 것이다. 과연 무엇으로 분열할지는 나조차도 모르지."

"슬라임이 분열해 봤자 슬라임 아닙니까?"

슬라임은 대개 분열의 과정을 통해 숫자를 늘려간다. 당연히 분열한 슬라임은 원본의 종류와 달라지지 않는다.

하지만 내가 넘긴 퀸 슬라임은 달랐다.

스륵! 스으윽!

퀸 슬라임을 바닥에 내려놓자 자리에 멈춰 서선 힘을 잔뜩 준 채로 몸을 부풀리기 시작했다.

이윽고 퀸 슬라임이 두 개로 갈렸다.

그런데…… 분열의 과정 중에서, 퀸 슬라임과 다른 형태가 나타나고 있었다.

"이, 이런 말도 안 되는!"

구르망디가 입의 관절을 크게 벌렸다. 떡! 소리와 함께 뼈가 벌어져서 그다지 좋은 광경은 아니었지만, 그 정도로 구르망디가 놀라고 있다는 것만은 알 수 있었다.

분열한 한쪽에서 털이 자라났다. 다리가 생기고, 손이 생기고, 눈알이 동동 떠오르며 아예 다른 형상을 띠는 것이다.

종 자체가 달라지고 있었다.

슬라임이라는 종을 탈피해 짐승화가 되었다.

마침내 분열이 끝나자 한쪽은 여전히 퀸 슬라임으로 남아 있었지만, 다른 한쪽은 '자란토'가 되었다.

갸아악.

자란토. 나무의 줄기를 먹고 사는 두더지 과의 괴물이었다. 흙을 파내고 나무의 뿌리를 잘라낼 수 있도록 손톱이 쇠고랑 형식으로 진화해 있었다.

그다지 강력하지도, 희귀하지도 않은 괴물이지만…….

"슬라임이 다른 종으로 분열하다니!"

구르망디에게 있어선 세상에서 가장 값진 보물로 보이는 모양이었다.

퀸 슬라임은 분열을 할 때 높은 확률로 다른 모습을 가졌다. 하지만 대부분이 이처럼 약소한 괴물에 지나지 않았다. 딱히 특별할 것도 없는.

왜 퀸 슬라임만 이러한 현상을 보이는지 나도 알 수가 없었다.

"저 자란토를 연구하면 또 다른 진실에 접근할 수 있을 것이다."

물론 구르망디가 연구한다고 하더라도 아무것도 못 건질 확률이 99.9%였다.

하지만 0.1%의 가능성으로 무언가를 건진다면?

오히려 그래 주길 바라고 있었다. 구르망디가 이 '진화'의 비밀을 밝혀낼 수만 있다면, 더욱 다양한 방면으로 나 역시 활용할 수 있을 테니.

사기에 가까웠지만 나도 바라고 있었다.

혹시 아는가?

내가 원하는 방향으로 진화시키는 것이 가능해질지 말이다. 그게 가능하다면, 이 권능이야말로 전무후무한 능력이 될 것이었다.

"제, 제게 주시는 겁니까?"

"공짜는 아니다."

고개를 젓자 구르망디가 자란토를 애타게 바라봤다.

"제게 바라는 게 무엇입니까?"

"보다시피 이 기술에 대한 진실에 접근한 건 나와 라이라를 제외하면 너밖에 없다. 이를 통해 만들어내는 물량 자체도 적지. 내가 이처럼 비밀스럽게 일을 진행하는 이유를 알 것이다."

"그렇겠지요. 진화란 연금술의 총체, 비원과도 같으니까요."

"그러니……"

뜸을 들이며 천천히 말했다.

"투자를 해보는 건 어떠냐?"

"투자, 말입니까?"

"구르망디, 이 기술에 대한 독점적 연구가 가능하도록 권한을 주마. 상회에 대한 지분도 주겠다. 네가 우리 상회에 제대로 투자를 하겠다면 말이다."

어차피 구르망디는 절대지배상회의 대표로 이름이 올라가 있었다.

그는 오래전부터 존재한 리치이고, 수많은 발명을 통해 상당한 자금을 보유하고 있는 게 확인되었다.

"오로지 제게만 비밀을 파헤칠 기회를 주시겠다는 겁니까?"

"그렇다. 대신 연구 성과는 공유해야 한다."

구르망디가 멈칫했다.

한참을 고민하던 그가 조심스럽게 물었다.

"혹시 얼마를 유치해야……?"

"많으면 많을수록 좋겠지."

"저는 도시의 주인도, 진짜 대부호도 아닙니다. 영세한 리치가 벌어봐야 얼마나 벌었겠습니까?"

"걱정 마라. 한꺼번에 투자를 하라는 말은 아니니. 네가 절대지배상회의 대표로 있는 이상, 상회가 커지면 커질수록 변제할 기회가 늘어나지 않겠느냐?"

"그거야…… 그렇지요."

일단 이름만 대표지만 그가 투자를 하게 되거든 나름의

지분을 나눠 줄 생각이었다. 나는 상회를 계속해서 키울 생각이었고, 그 과정에서 구르망디는 반드시 필요한 존재였으므로.

지배할 생각도 최대한 자제하고 있었다. 구르망디의 발명과 연구는 '자유로움'에서 나온다. 지배자의 권능이 영향을 강하게 끼치게 되면 역발상적인 아이디어를 못 내게 될지도 모른다.

하여, 적당한 값을 불렀다.

"10만."

"10만 포인트요? 제게 그런 거금이 있을 리가 없지 않습니까?"

"그럼 아쉽게 됐군. 다른 자를 알아볼 수밖에."

암흑상점을 뒤지고 또 뒤지며 '구르망디'의 이름을 단 물품들을 다 찾아냈다. 그래서 나는 10만 포인트 이상의 비축은 있을 것이라고 확신하고 있었다.

심안으로 살피는 가치의 측정은 그 존재 자체가 기준이었다. 보유한 재화나 장비 등은 생각보다 영향이 미비한 것 같았다. 아니라면 구르망디의 가치가 고작 94,000으로 측정될 리 없으니까.

이를 잘만 활용하면 생각보다 빠르게 세를 불릴 수 있을 것도 같았다.

구르망디가 벌떡 일어났다.

"새, 생각해 보니 준비할 수 있을 것 같습니다."

"그런가?"

"예. 이것저것 팔지 않은 것들을 처분하면 그쯤 될 것 같습니다."

"공간의 보석도 필요할 듯한데."

"안 그래도 200개 정도 준비해 놨습니다. 허허."

역시나 노련한 리치다웠다. 오랜 세월을 허상으로 살아온 게 아니라는 듯 준비성이 철저했다.

자란토를 넘기자 구르망디가 자기 뼈다귀들을 부르르 떨어댔다.

10만 포인트와 맞바꾼 결과물이었다.

저기서 무언가를 건져 내면 좋겠지만…….

'건져 내면 좋겠군.'

나 역시도 그러길 진심으로 바라고 있었다.

왜 퀸 슬라임만 분열하면 아주 높은 확률로 다른 형태가 되는지.

게다가 연구 성과를 공유하기로 했으니 그가 무언가를 발견하면 나도 나대로 활용할 수 있을 터였다.

물론 곧이곧대로 공유하진 않겠지만, 약간의 단서라도 있거든 그로 인한 추측은 가능하다.

말하자면 이건 구르망디와 나의 눈치 싸움이었다.

당근과 채찍을 얼마나 잘 다루느냐에 따라 승패가 갈릴, 보이지 않는 싸움 말이다.

10만 3천 포인트.

구르망디에게 10만 포인트의 투자를 받고 생겨난 자금의 총합이었다.

나는 이것을 그저 묵혀 둘 생각이 없었다. 일단 가장 급한 건 '끄나풀'을 심는 것.

"라이라."

"예."

라이라 디아블로. 그녀는 폭주한 그 뒤로 최대한 발언을 자제하고 있었다. 아마도 그때의 자신을 쉽게 받아들이지 못하고 있는 것이겠지. 설마 나에게 검을 들이밀리라곤 스스로도 상상조차 하지 못한 듯싶었다.

그녀의 말들은 유용할 때가 많았다. 하지만 지금은 내가 말을 걸어야 대답을 하니, 이 차이가 생각보다 골머리가 아팠다.

"암흑상회에 대해서 잘 알고 있느냐?"

"다른 데몬로드 정도는 알고 있습니다."

"그럼 그중 유망한 암흑상인을 아느냐?"

"죄송합니다. 로드의 뜻이 무엇인지 제 머리가 아둔하여 헤아릴 수 없습니다."

평소와는 너무나 다른 반응이었다. 한기마저 쌩쌩 도는 듯했다. 그나마 자기가 할 일을 내팽개치지 않고 다시 찾아와 준 것에 고마워해야 하는 건지.

"암흑상회에 끄나풀을 심어볼 생각이다. 내 권능으로 실력 있는 암흑상인 하나를 지배하여 심장부까지 닿도록 키워내는 것이지."

"암흑상회에 끄나풀을 말입니까?"

"내 권능들이 가장 잘 발휘가 되는 게 암흑상회다. 그곳의 기밀들을 접할 수만 있다면 더욱 많은 이득을 얻을 수 있을 터."

라이라가 아, 하며 작은 탄성을 내뱉곤 고개를 끄덕였다.

암흑상회의 기밀들을 접하고 이득을 취한다. 그리고 균열이 열리는 걸 최대한 방해한다. 내가 바라는 건 이 두 가지였다. 그중 앞의 것만을 말했다.

라이라가 잠시 고민하더니 입술을 달싹였다.

"어느 정도의 계급을 원하시는지요?"

암흑상인은 귀족계급으로 움직인다.

왕, 공작, 후작, 백작, 자작, 남작, 준남작.

도합 일곱 개의 계급이 있었고 그중 가장 낮은 게 준남작이었다.

하지만 10만 포인트로도 기껏 해야 준남작이나 남작 정도를 지배하는 게 한계였다. 내가 심안으로 살핀 결과는 그랬다.

"준남작 정도의 계급 중에 유능한 자가 있느냐? 내가 보조하면 위로 올라갈 수 있을 정도의 재능 있는 자 말이다."

"준남작 중에선 알, 크리퀴, 차이남 정도가 유능하다고 소문이 나 있습니다. 새롭게 작위를 받은 암흑상인들이죠."

"한 명을 고르자면 누구를 선택할 거지?"

"크리퀴입니다. 그는 주로 보석과 약초를 거래하는 상인. 하지만 욕심이 많아서 뒤로는 노예들을 빼돌리기도 합니다. 고객이 원한다면 야생 상태의 희귀한 생물체도 구해 오는 자죠."

한마디로 팔기 위한 모든 걸 구해 올 수 있는 자라는 뜻이었다.

"잘 알고 있는 듯하구나."

라이라가 고개를 끄덕였다.

"그와는 몇 번 거래를 해봤습니다."

암흑상회를 통해서만이 아니라, 암흑상인과 직접 거래를 하기도 한다. 그다지 상회에서 권유하는 일은 아니지만 꽤 많은 데몬로드가 직접적인 거래를 통해 이득을 취하고 있다고 들었다.

암흑상인 역시 상회에서 떼어 가는 수수료와 같은 게 없으니 나름대로 선호하는 모양이었다.

나는 턱을 쓸다가 자리에서 일어났다.

"좋다. 그를 만나보겠다."

라이라를 통해 부를 수도 있을 테지만, 내가 움직이는 게 더 빠르고 은밀하다.

암흑상회에서 조금 떨어진 곳에 덩그러니 푸른 정원이 하나 있었다. 내가 다가가자 문이 열리며 은색의 뿔이 달린 투구를 쓴 암흑인이 모습을 드러냈다.

그는 가위를 정원의 나무 등을 정리하는 중이었는데, 갑작스러운 손님의 등장에 고개를 돌려 쳐다보다가 쿵! 하고 엉덩방아를 찍었다.

"헉! 라, 라이라 디아블로 님 아니십니까?"

"내 옆에 계신 분은 나의 로드이시다. 인사를 하려면 나보다 먼저 할 존재가 있지 않느냐?"

"허억……!"

크리쿼. 그가 크게 놀라며 가위를 내팽개치고 버선발로 달려왔다.

나는 심안을 열었다. 동시에.

**이름:** 크리퀴(value-56,000)
**종족:** 암흑인(준남작)

심안으로도 이름과 종족밖에 떠오르질 않았다.

하지만 그것만으로도 충분했다.

도전적인 일이긴 했다. 야차들도 지배자의 권능이 온전히 통하지 않았다. 그와 마찬가지로 귀족계급의 암흑인들이 '위대한 별'의 축복 같은 것이라도 받았다면, 일이 복잡해질 수도 있는 것이다. 어쩌면 포인트만 날릴 가능성마저 있었다.

그러나…… 도전과 모험은 내가 제일 좋아해야 할 단어였다. 그 두 가지 없이는 원하는 것을 얻을 수 없다는 걸 경험으로 알고 있었다.

"이, 인사가 늦었습니다. 로드시여, 크리퀴라고 합니다. 약초나 보석을 주로 팔고 있는……."

"크리퀴, 나를 보아라."

"예……?"

암흑인은 눈이 없다. 코도, 귀도 없다. 오로지 입만 있었다.

하지만 그들도 분명히 상대를 인식할 수 있었다. 내 말이 끝나자마자 그의 얼굴이 내게 향한 게 그 방증이었다.

'지배자.'

권능의 이름. 그 세 글자를 마음속으로 되뇌는 순간.

[지배자의 권능이 발동합니다.]

[56,000pt가 소모되며 '암흑인 크리퀴'를 지배하는 데 성공했습니다.]

크리퀴가 몸을 갸우뚱거렸다.

이어 퉁! 소리와 함께 바닥에 쓰러졌다.

"아고고. 죄송합니다. 너무 놀라서."

쓰러진 상태로 크리퀴가 말했다.

설마 효과가 없는 건가?

아까와 다름이 없는 동작이다. 암흑인은 이목구비라고 할 만한 게 없어서 표정이나 눈빛으로 파악을 할 수가 없었다.

"괜찮은가?"

손을 내밀었다.

그러자 크리퀴가 내 손을 붙잡고 겨우 자리에서 일어났다.

"가, 감사합니다."

"아니다. 그보다…… 특이한 투구로군."

은색의 뿔이 달린 투구. 암흑인은 이 투구에 따라 계급이 나뉜다. 그래서인지 그들은 투구를 무엇보다 아끼고 사랑했다. 다른 존재가 자신의 투구에 손을 대는 걸 결코 가만히 두고 보지 않는다.

하지만 크리퀴는 내가 투구를 만졌음에도 가만히 있었다.

자리에서 일어나 도리어 투구에 대한 자랑을 늘어놨다.

"얼마 전에 귀족 작위를 받고 얻은 투구입니다. 하하!"

"투구를 내게 줄 수 있느냐?"

"그게……."

크리퀴가 잠시 고민했다. 곤란해하는 기색이 역력하다.

실패인가? 아니면 지배의 영향력이 낮은 걸까?

"원래는 안 되는 건데……."

10초가량을 고민한 크리퀴가 투구를 벗어 내게 건네려고 했다.

다행이었다. 그것을 보고 내심 미소를 지었다.

'됐다.'

지배의 권능은 상대에 따라 다른 반응으로 나타난다.

완전히 지배되거나, 말만을 따르게 되거나, 단순한 호의 정도만 갖게 되는 경우도 있었다.

그리고 크리퀴는 분명히 상당한 수준의 지배가 된 상태였다.

아니라면 암흑인이 자신의 투구를 넘기려고 할 리가 없으므로!

암흑인에게 있어서 모자는 자신의 정체성 그 자체다.

"……놀랍군요."

라이라가 그 앞에서 작게 중얼거렸다. 그녀는 내가 실질적으로 지배의 권능을 발휘하는 모습을 거의 본 적이 없었다. 지배자의 권능은 디아블로에게 받은 것이었으니, 우리엘이 가졌던 본연의 능력이 아닌 탓이다.

한데 그것도 어둠의 상인, 가장 낮지만 귀족계급을 지배했다. 설마 자신의 투구마저 넘겨주게 되리라곤 상상도 못한 모양이었다.

"그런데 무슨 일로 찾아오셨습니까?"

"긴밀한 이야기를 하고 싶군."

"아아, 그렇군요. 이리로 오십시오. 마침 이야기하기 좋은 장소가 있습니다."

크리퀴는 스스로의 행동이 변했음을 의식하지 못하고 있는 것 같았다. 물 흐르듯 자연스럽게 내게 영향을 받고 있다는 걸 깨닫지 못한 것처럼 행동했다.

아니라면 긴밀한 이야기를 한다는데 아무런 의심, 경계조차 보이지 않을 리가 있겠는가.

크리퀴가 저택으로 발을 옮겼다.

"로드시여, 신중하셔야 합니다."

하지만 라이라는 방심하지 않았다. 만에 하나에도 대비하겠다는 모습. 과거 그와 거래를 했음에도 암흑인을 온전히 신뢰하진 못하는 모양이었다.

굳이 내가 하지 않아도 라이라가 알아서 주변을 살피고 위험을 알려줄 것이다. 나는 마음을 편히 먹었다.

잠시 후 크리퀴가 나를 안내한 곳은 지하의 밀실이었다. 저택의 바닥에 구멍을 파고 융단으로 가린 뒤, 투명화 마법까지 걸어놓아 안정성을 꾀한 장소였다.

수많은 이름 모를 보석과 약초들이 보였다. 라이라는 크리퀴가 '겉'으로는 보석과 약초를 파는 상인이라고 말했다. 그렇다면 이 역시도 '속'을 감추기 위한 속임수라는 뜻.

'속이 시커먼 놈이로군.'

몇 개의 안전장치가 있었다. 특정한 장소에 특정한 문양을 그리면 더욱 아래로 내려갈 수 있는 문이 나타나는 구조였다.

철두철미. 모르면 결코 내려가지 못하는 장소.

봉인구에 걸린 마법의 룬 문자로 보아, 특정한 문양을 제대로 그리지 못하면 집 자체가 무너져 버리는 구조인 것 같았다.

"무엇을 감추고 있는 거지?"

"저는 손님들이 원하는 건 그게 무엇이든 구해줍니다. 상인협회의 뜻과 반대되는 것일지라도 말이지요. 그러나 다른 암흑인에게 신고를 당하면 몰수당할 수도 있어서 불가피하게 숨겨둬야 하는 것들이 있습니다."

크리퀴가 답했다.

암흑상인은 모든 걸 파는 존재다. 그런 이들에게도 '팔지 말아야' 할 것이라는 게 존재하는 건가?

주변엔 수많은 방이 있었다.

그리고 그 방의 안에는 생전 처음 보는 괴물이나 물건 따위가 넘쳐 났다.

"저는 보석과 약초보다 주로 멸종 위기의 생명체들을 거래합니다. 상회에서도 그 개체가 적어서 거래가 금지된 물품이지요. 희귀한 걸 원하는 손님이 의외로 많이 계시는지라."

"데몬로드에게도 파는 건가?"

"하하. 아직 제 '급'이 거기까지 미치진 못했습니다. 아무런 줄도 없는 저 같은 무명소졸이 어찌 데몬로드 앞에 서겠습니까?"

턱을 쓸었다. 역시나 데몬로드들과 거래하는 상인들이 있는 것 같았다.

멸망 위기의 생명체들. 심해의 괴물이나 잘못된 방향으로 진화한 것이 대부분이었다. 그야말로 '마니아틱'했다.

"이곳입니다. 여기서의 대화는 절대로 새어 나가지 않습니다. 중요한 손님들과 만날 때만 개방하는 곳이죠."

거대한 석벽. 그 뒤로 넓은 손님용 방이 있었다. 테이블이 있었고, 하녀복을 입은 반용족이 조용히 고개를 숙였다.

반용족. 용의 피를 이은 잡종이다. 용은 10년 정도에 한 번씩 발정기를 가지는데, 그때가 되면 주변의 생명체는 모두 덮친다고 한다. 그 공격으로부터 살아남아 용의 아이를 잉태하여 낳는 숫자는 손에 꼽힐 정도였다.

나도 말로만 들었지 실제로 보는 건 처음이다.

세상에, 반용족이라니. 짧은 단발을 하고 있었지만 느껴지는 마력은 심상치 않았다. 반쪽이라도 용은 용. 그것도 엘프와 용의 합작인 듯싶었다.

"오셨습니까, 주인님."

"샤샤, 중요한 손님들이시다. '새벽의 눈물'을 내어 와라."

샤샤라 불린 반용족이 크리퀴의 명령을 듣고 조용히 고개를 숙였다. 그러곤 주방과 같이 꾸며진 장소로 다가갔다.

"우리엘 디아블로 님, 라이라 디아블로 님. 앉으십시오."

크리퀴가 조용히 자리를 권유했다. 내가 앉아도 무리가 없을 정도의 의자가 있는 걸 보면, 꽤 속 깊게 생각하고 준비해 놓은 것 같았다.

자리에 앉자 크리퀴가 자랑을 늘어놓았다.

"샤샤는 용의 블러드 게이지가 15% 정도로 낮은 편입니다만, 엘프 특유의 아름다움을 가지고 있는 희귀한 종이지요. 아름답지 않습니까?"

"아름답군."

가감 없이 말했다.

내가 호응하자 크리퀴의 입가가 씰룩 올라갔다.

암흑인은 눈도, 귀도, 코도 없지만 유일하게 입만은 있었다.

"그래서 긴밀한 이야기라는 건……?"

"너도 '차원 침략'을 하나?"

"차원 침략 말입니까? 저는 직접 침략은 하지 않습니다만. 대신 제가 키운 '황혼의 늑대들'을 쓰지요."

"몇 차원까지 침략이 가능하지?"

나찰계가 18차원으로 상위 차원의 판정을 받았다. 차원이 높아질수록 강력한 취급을 받는다는 뜻이었다.

"8차원, 대해의 괴물들이 존재하는 중급 차원까진 도전을 해봤습니다."

"차원과 침략, 개척에 대해서 자세히 알고 싶군."

궁금했다. 암흑인들이 그토록 열렬히 침략을 행하는 이유에 대하여.

가장 기본적인 지식이 있어야만 대처가 가능하기 때문이다.

다행히 크리퀴는 말귀가 어두운 자가 아니었다.

"알려진 바로는 1차원부터 25차원까지 존재한다고 합니다. 1차원은 말 그대로 점과 같이 약한 존재들이 생태계를 이룬 세계. 위로 올라갈수록 '고차원'화 되며 생명의 밀도가 더욱 높아집니다. 한마디로 생명의 밀도에 따라 차원의 숫자를 정하는 것이지요."

그 말인즉, 나찰계보다 강력한 세계 또한 존재한다는 말이었다.

"물론 21차원을 넘어가면 '신의 세계'라 명명됩니다. 주로 악신들이 지배하는 세계지요. 잊힌 고대의 신만이 존재하는 장소도 있다고 합니다만, 저희 암흑인들이 탐색하고 침략할 수 있는 건 20차원까지뿐입니다."

[새로운 지식을 습득했습니다.]

[ '계(界)'에 입장할 때 그와 관련된 정보들이 함께 떠오릅니다.]

느닷없이 떠오른 글귀였다. 지금 크리퀴가 해주는 이야기는 '세계 이면'의 것이었다. 그래서일까?

"침략은 해당 차원의 '존재'에게 깃드는 행위입니다. 암흑인들은 계급에 따라 더욱 강력한 존재를 지배할 수 있게 됩니다. 그 존재를 움직여서 혼란, 혼돈 등을 낳고 세계의 탐색률을 높이며, 좋은 물건은 침탈하여 따로 판매하기도 합니다. 이러한 행위들은 균열을 넓히는 데 도움을 줍니다."

잠시 멈칫했다. 침략이 모든 존재에게 해당한다면, 그렇다면.

"지구에서도 가능한가?"

"지구요? 아아, 가능하지요. 유일한 0차원인데요. 다만, 지구는 조금 복잡합니다. 아시다시피 '위대한 별'의 강림을 위해 존재하는 장소인지라. 데몬로드들께서도 그곳을 '최후의 전장'으로 생각하고 계시지 않습니까? 저희 암흑인이 그 신성한 장소에 함부로 발을 들일 순 없습니다."

"더 자세히."

"'위대한 별'의 영향으로 0차원, 그러니까 지구의 생명체들이 각성하고 있다고 합니다. 주로 '인간'이라 불리는 생명체들인데…… 이 각성자들을 암흑인이 지배하는 건 가능합니다. 정신을 파고들어 그들끼리의 혼돈을 불러오는 거죠. 하지만 저희도 섣불리 건드릴 수 없는 장소인지라 몇 가지 제약이 붙습니다."

혹시…….

과거, 수많은 이상 집단이 발생하며 서로가 반복하고 살육을 벌인 건 암흑인들의 영향이 아니었을지. 문득 그런 생각이 들었다.

"균열이 80% 이상 열렸을 때, 후작 이상의 계급만이 '침략'을 할 수 있습니다. 데몬로드의 전쟁을 방해하지 않는 선에서 인간들을 종말 시키는 게 저희의 역할입니다. '위대한 별'의 강림은 그분이 뿌리신 씨앗에 의하여 발생하니까요. 각성

자들은 '위대한 별'의 씨앗을 물어다 주는 벌과 같다고 보시면 됩니다. 단, 조건이 만족되기 전에 암흑인은 결코 0차원에 발을 들여선 안 됩니다."

샤샤라 불린 반용족이 차를 내왔지만 눈에 들어오지도 않았다. 그만큼 나는 크리퀴의 이야기에 집중하는 중이었다.

각성자들의 출현은 정해져 있었던 것이다. 사람들이 '문'에 손을 대는 순간 씨앗이 옮겨지는 셈이었다. 그리고 그 씨앗이 어느 정도 개화하여 '죽음'으로 승화하면 '위대한 별'의 강림이 빨라진다는 말이고.

꽈아악.

주먹을 쥐었다. 먹이. 인간은 먹이와 다름이 없었다. 처음부터, 애당초 인간의 '승리'는 그들의 시나리오에 없었다. 사육하는 개돼지와 같았다.

하지만 역시나 방법은 있다.

균열이 80% 이상 열리지 않도록 하면 된다.

아직 기회는 있었다.

"저, 저저, 제가 무슨 잘못을 저질렀습니까?"

분위기가 삽시간에 굳어버렸다. 나도 모르게 기운을 방출한 모양이다.

최대한 가슴을 진정시키고 이어서 물었다.

"'개척'은 뭐지?"

"크흠, 저희 암흑인들도 '균열'에 대해서 자세히 알지는 못합니다. 균열은 모든 계로 통하는 통로이며, 입구이자 출구이지요. 저희의 역할은 균열을 넓히는 것이니 미개척지를 개척할 필요가 있습니다. 그래서 개척을 하게 되거든 상당한 보상이 주어집니다. 높은 차원일수록 한 번에 계급이 올라가기도 하는 일확천금의 기회와 같달까요."

반대로 실패 시의 리스크도 크다. 모든 병력을 잃고 강등의 위기를 겪을 수도 있었다.

"물론 저는 개척을 좋아하지 않습니다. 한 번에 얻을 수 있다는 건, 한 번에 잃을 수도 있다는 뜻과 같지 않습니까? 저는 확실한 쪽에만 겁니다."

확실한 쪽에만 건다. 제법 흥미로운 견해였다. 그런 주제에 멸종 위기의 생명체를 거래하는 '아슬아슬한' 줄타기를 타고 있었다. 모순. 하지만 그래서 라이라가 눈여겨본 것일지도 모르겠다.

"내가 너를 도와준다면 너는 어디까지 올라갈 자신이 있지?"

"예? 로드 우리엘 디아블로께서 저를 도와주신다고요?"

나는 대답하지 않았다.

지배자의 권능으로 지배를 한다손 치더라도, 대상의 욕구는 채워줘야 한다. 욕구가 충족되지 않은 지배 대상은 명령을 제대로 따르지 않거나, 심지어 이탈하는 경우도 있었다.

수백의 놀을 가지고 실험을 해본 결과였다.

'지배 대상의 욕구에 완전히 반하는 명령은 불발이 될 수도 있다.'

지배자의 권능이 완벽하지 않다고 하는 이유다.

나를 따르게 만들고, 내게서 호의를 느끼게끔 하지만 절대적 지배가 아닐 경우 지배 대상의 의지에 반하는 명령을 내리면 듣지 않을 가능성도 있었다.

다행히 크리퀴는 이 '절대적 지배'의 범주에 들어갈 정도로 권능이 통했다. 투구까지 건네었으니 내가 발을 핥으라면 핥을 것이다.

그래도 계속해서 반하는, 암흑상인으로서의 욕구에 반대되는 명령만을 내리면 권능의 힘이 약해질 수도 있었다. 장기적으로 봤을 때 바람직하지 않은 일이다.

이윽고 안정을 찾은 크리퀴가 자신 있게 말했다.

"공작. 로드께서 저를 확실하게 밀어주시겠다면, 지금은 셋밖에 없는 공작이 될 자신이 있습니다."

"그 말, 한순간도 잊어선 안 될 것이다."

"……제게 원하는 게 있으십니까?"

가는 게 있으면 오는 것도 있어야 하는 법.

이야기가 빨라서 좋았다.

"암흑상회의 중심부로 들어가 정보원이 돼라. 중요한 경매의 목록, 공문과 같은 것들을 모조리 빠짐없이 내게 알려주어야 할 것이다. 또한."

하지만 이 정도는 생각 있는 데몬로드라면 모두 하고 있을 것이었다. 그들과 다른 점이라면 나는 크리퀴를 처음부터 키울 셈이었고, '지배'의 영향하에 두고 있다는 것. 대화를 통해 적어도 나에겐 거짓말을 하지 못한다는 걸 확인했다.

이어서 말했다.

"균열로 들어가 다른 침탈자들을 방해하라."

"암흑인들을 죽이라는 말입니까?"

"우리에게 방해가 되는 암흑인들이 있을 것이다. 예컨대 카르페디엠과 연이 닿은 암흑인들. 혹은 줄을 대려고 하는 녀석들."

데몬로드는 데몬로드로.

그리고 암흑인은 암흑인으로!

서로 건드릴 수 없다면 같은 이들끼리 치고받고 싸우게 만든다.

균열과 침략 따위에 신경을 쓸 수 없게끔. 하지만 그러기 위해선 우선 몸집을 불려야 한다. 암흑인들은 결코 자선사업가가 아니다. 그들도 '욕망'이 존재한다. 다툼도 하며 서로를 뒤에서 찌르기도 할 것이었다.

나는 갑작스럽게 치고 올라오는 크리퀴를 사용해 이 심연에, 암흑상회에 거대한 혼돈을 만들 셈이었다.

어차피 불법적인 일들도 스스럼없이 저지르는 게 크리퀴였다. 동업자들의 방해쯤이야 몇 번이고 해봤을 터다.

크리퀴가 깍지를 꼈다. 무언가를 계산하는 듯하더니, 이어서 말했다.

"포인트와 정보가 필요합니다. 정보는 제가 구할 수 있습니다만, 결국 저희 암흑인들은 포인트로 움직이는 자들. 다른 자들을 견제하려면 그만한 병력과 장비가 필요한 법이지요. 암흑인들은 특정 주기마다 성과를 비교해 승급과 강등이 결정되니……."

"얼마가 필요하지?"

크리퀴가 손사래를 쳤다.

"물론 당장은 괜찮습니다. 당장은 제가 벌어놓은 것으로도 대처할 수 있습니다. 하지만 장기적으로 보자면…… 절대지배상회의 물건은 훌륭합니다. 비록 아직은 물건이 한 가지밖에 없지만, 나머지 부분을 조금만 채워 넣으면 괜찮은 그림이 완성될 겁니다. 그래서 제가 제안할 게 있습니다."

절대지배상회의 대표는 구르망다. 내가 표면에 나선 적은 없었다. 그런데도 크리퀴는 내가 그곳의 주인임을 확신하고 있었다.

게다가 당장 내 상황이 좋지 않음을 인지하고 있는 듯했다. 100년 만에 깨어났으나 내게는 데몬로드의 직함 외에 기반이라고 할 만한 게 없었다. 그래서 차선책까지 제시했다.

내가 녀석을 활용하려는 것처럼, 크리퀴도 나를 활용하여 서로의 욕심을 채울 요량으로 말이다.

제법이었다. 적으로 만났다면 여간 귀찮았을 것이다.

"말해보라."

"'큰물'에서 놀아보시지 않겠습니까?"

큰물?

내가 의아해하자 크리퀴가 이어서 설명하였다.

"심연의 대부호들이 모이는 연회가 곧 열릴 겁니다. 그곳에 두 분이 참여해 주신다면 제가 힘을 한번 써보겠습니다."

그렇게 말하는 크리퀴의 입가엔 강한 자신감이 어려 있었다.

저택을 벗어났다.

머릿속은 크리퀴와 나눴던 대화들로 점철되어 있었다.

"제 충성의 증거로 카르페디엠의 주요 거래자 중 하나인, '카켈'이라는 암흑인을 내일 바로 제거해 드리겠습니다. 내일이 되면 로드께서도 그 결과를 자연스럽게 알게 될 겁니다. 아아, 3차원 말입니까? 그곳으로 향한 강등 위기의 암흑인이라면 '우라시'겠군요. 알겠습니다. 함께 제거해 드리지요."

"연회는 이틀 후. '푸른 산호의 섬'에서 치러집니다. 라이라께서는 부디 아름답게, 우리엘께서는 부디 늠름하게 꾸미고 오시길."

마지막으로 내게만 몰래 쥐여 준 보석이 있었다.

"라이라 디아블로께서 몸이 매우 굳어 있으시군요. 이 보석을 직접 선물해 주십시오. 라이라께서 활기를 되찾으실 겁니다. 걱정 마세요. 나쁜 거 아니니까."

영롱한 보랏빛의 보석이었다. 크기는 아기 손톱보다 조금 큰 정도. 겉은 투명하고 안으로 갈수록 보랏빛을 띠었는데, 그 안에서 사슴 모습을 한 연기와 같은 게 뛰어놀고 있었다.

활기를 가져다주는 종류의 보석이라고 했다. '심안'으로 살핀 결과로도 그다지 해가 될 점은 없었다.

### 〈영롱한 영혼의 보석(value-500)〉

-영혼의 보석 중 아주 희귀하게 보랏빛을 띠는 보석

-어린 사슴의 영혼이 봉인되어 있다.

-지닌 자의 심신을 편안하게 만들어준다.

별 내용은 없었다. 심신을 편안하게 해준다면, 크리퀴의 말마따나 조금의 활력은 찾을 수 있을지도 몰랐다.

'확실히 굳었군.'

야차와의 대결 이후 라이라는 지극히 사무적으로 변했다. 나를 따르는 태도는 여전했지만 뭔가 알 수 없는 거리감이 느껴졌다. 적어도 내가 만든 거리감은 아니었다.

그녀가 능동적으로 활발하게 움직여 주면 나는 편해진다. 지금처럼 굳어서 주어진 일만을 한다면 나로선 유능한 인재를 제대로 활용하지 못하는 셈이다.

"라이라."

돌아가는 길.

암흑상회의 게이트로 향하고 있는 와중, 약간 뒤에서 내 옆을 걷던 라이라가 답했다.

"말씀하십시오."

"받아라."

"……?"

보랏빛의 보석을 처음 본 라이라는 살짝 고개를 갸웃했다. 하기야 나도 여자에게 보석을 준다는 그 행위 자체에 대해선 약간의 부담감이 있었다.

그런데 라이라의 눈이 점점 커지기 시작한다.

하여, 먼저 선수를 쳤다.

"심신을 편안하게 해준다더군."

"시, 심신, 심신…… 말입니까?"

라이라가 말을 버벅거렸다. 이런 적은 처음이었다. 이토록 당황한 라이라는 여태껏 본 적이 없었다.

혹시나 저 보석에 이상한 뜻이라도 담겨 있는 건가?

만약을 위해 첨언했다.

"요즘 들어 기운이 없어 보이더군. 나는 아무것도 기억하지 못하니 평소대로 하라."

"평소대로, 말이지요?"

"다른 의미는 없다."

크리퀴가 아무래도 이상한 걸 준 것 같았다. 저 보석이 무엇인지는 모르겠지만, 내가 눈치마저 없는 건 아니었으니.

그래서 못을 박았지만 라이라는 양손으로 보석을 쥔 채 심장 가까이 손을 모으고 있었다. 얼굴이 화끈거리고, 숨소리가 거칠어진 저 반응…… 저걸 보고도 눈치를 못 채면 바보다.

나는 애써 외면하며 앞으로 걸어 나갔다.

'망할 놈.'

크리퀴. 생각대로 속이 시커먼 놈이었다.

우리엘 디아블로, 그리고 라이라 디아블로가 떠난 후.

크리퀴가 차의 맛을 음미하며 말했다.

"참 아름다운 한 쌍이란 말이야."

우리엘 디아블로와 라이라 디아블로에 대한 이야기는 많았다.

100년 만에 깨어난 데몬로드. 100년간 로드를 대신하여 로드 대행을 한 라이라 디아블로.

특히 가장 많은 구설에 오르는 건 라이라 디아블로였다.

그 아름다운 무력. 결코 물러서지 않는 투지는 그녀를 '여왕'으로 불리게 만들었다. 그녀는 모르겠지만, 수많은 이가 은근히 그녀를 사모하고 있었다.

한데 카르페디엠과 맞설 정도라니!

데몬로드와 전쟁 중인지라, 그 외에도 여러 가지 관계가 얽혀서 누구도 쉽게 손을 내밀지 못했다.

물론 카르페디엠과 전쟁이 치러지기 전에는 수많은 이가 라이라 디아블로에게 '도움'을 주려고 하였다.

하지만 그 조건이 혼약, 결혼이었으니 라이라가 받아들일 리 없었다. 도리어 청혼을 하러 간 자 중 몇몇은 살아 돌아오지 못했다고 한다.

오죽하면 적으로 나선 카르페디엠조차 '라이라 디아블로를 맞아들이려고 전쟁을 벌였다'는 소문이 돌 정도였으니.

이번에 그녀가 공식적으로 모습을 드러내게 된다면……
파장이 클 것이다.

"아름답다고 생각하지 않느냐, 샤샤?"

"주인님 말씀대로입니다."

"그 혈족은 반드시 보존되어야 한다. 그처럼 희귀한 핏줄은 매우 드물거든. 다른 차원이라면 모를까, 심연에서는 힘의 계승이 이상한 일은 아니지."

혈족의 보존. 순수 혈통을 뜻함이다.

우리엘과 라이라가 이어지면, 그 얼마나 우아한 후계가 태어나겠는가.

이곳 심연에선 그러한 일도 잦았다. 혈통을 유지하고자, 힘을 계승하고자, 같은 핏줄이 결합하는 경우가 말이다.

'보랏빛 영혼의 보석. 영원한 결합을 의미하지.'

심연의 수컷들은 잘 모른다. 하지만 암컷이라면 보석에 담긴 의미를 잘 알 것이다. 영원한 결합. 동시에 너를 결코 버리지 않겠다는 강한 수컷의 맹약과도 같았다.

라이라 디아블로가 우리엘 디아블로를 사무치게 그리워했다는 이야기는 그다지 비밀스러운 소문조차 아니었다. 크리퀴는 거기서 더 나아가, 라이라가 우리엘을 사랑한다고 믿었다.

지금쯤이면…….

그 모습을 상상하자 크리퀴의 입가가 씰룩였다.

'그나저나 뭔가가 이상한 거 같은데.'

그러다가 크리퀴는 고민했다.

오늘 처음 만난 데몬로드를 왜 자기가 따르고 있는 걸까?

잠시 생각하다가 고개를 저었다. 어쨌든 우리엘 디아블로가 자신을 밀어주겠다면, 계급을 올려 '공작'에 다가가는 것도 무리는 아니다.

위로 올라가기 위해서 온갖 짓을 다 해오지 않았던가.

이 기회를 놓칠 순 없었다. 서로가 이득을 취할 수 있도록, 그러기 위해선 자신이 먼저 자신이 '증거'를 보여야 했다.

"샤샤, 황혼의 늑대들을 소집해라. 침략자 사냥을 가야겠다."

다음 날.

암흑상점을 통해 공문이 내려왔다.

-'갈할 광산'을 담당하던 암흑상인이 실종됨에 따라 당분간 '갈할 광석'의 공급이 일시적으로 중단됩니다.

크리퀴는 말했다. 오늘이 되면 자연스럽게 알 수 있게 될 거라고.

변화라면 이것뿐이었다.

"갈할 광석이 뭐지?"

평소의 달라붙는 갈색 가죽 옷이 아닌, 화사한 느낌의 치마와 블라우스 비슷한 걸 입은 라이라가 말했다.

"골렘이나 복잡한 마도구를 유지하는 데 필수적인 광석이에요. 매우 희귀하고 비싸죠."

"공급이 중단됐다는군."

"그건 굉장히 희소식이군요. 갈할 광석 사업은 카르페디엠의 입김이 닿아 있을 텐데, 지금쯤이면 발을 동동 구르고 있겠네요. 크리퀴, 그자가 약속을 지킨 게 분명해요."

딱딱한 말투가 제법 물렁해졌다.

어제 보석을 준 뒤로 라이라는 다시금 밝아졌다.

뿐만인가.

아예 목걸이로 만들어서 차고 다녔다.

'생각보다 유능해.'

어쨌거나 라이라의 눈썰미는 정확했다. 설마 하루 만에 행동으로 옮길 줄이야. 데몬로드와 선이 닿은 암흑인을 건드리는 건 꽤 위험한 행동이었을 텐데 말이다.

'실종'으로 처리됐다는 건 범인을 찾지 못했다는 뜻이다.

크리퀴, 그는 용의주도했다.

다음은 내 차례였다.

"연회에 입고 갈 옷은 아직 준비 중인가?"

"예. 내일 출발하기 전에 완성될 거예요."

아무거나 입고 가려 했지만 라이라가 기어코 말렸다. 중요한 자리이니만큼 위용을 드러내야 된다나.

이후 나는 성 바깥을 거닐었다. 이그닐의 산책을 위해서다.

그 뒤를 라이라가 조신하게 따라왔고, 성 바깥에서 슬라임을 채집하고 돌아온 야차들은 믿기지 않는다는 듯 경악하며 입을 열었다.

"세상에."

"내가 뭘 잘못 본 건가."

"저 악귀 같은 여자가…… 허!"

라이라가 한 차례 야차들에게 시선을 주자, 야차들이 급히 고개를 돌렸다.

그녀는 강자였고 그들은 약자였다. 그들을 향해 라이라가 표독스럽게 말했다.

"잡담할 시간이 없을 텐데? 즉시 준비하고 연무장에 모이도록. 잠시 후 대련을 할 것이다."

라이라와 야차들은 매일같이 대련을 하며 실력을 증진하고 있었다.

라이라에겐 야차의 무공을, 야차에겐 라이라의 변칙적인 공격법을 익히게 만들어 확실하게 실력을 상승시키기 위함이었다.

이그닐에게도 가르치려 해봤지만, 녀석은 그다지 흥미를 보이지 않았고.

구화랑이 고개를 절레절레 저었다.

"로드와 우리의 차별이 너무 심한 거 아니오?"

"로드는 내가 섬겨야 할 분이며, 너희는 내가 부려야 할 자들이기 때문이지."

"너무하는군."

한숨을 내쉰 구화랑이 터덜터덜 성안으로 들어갔다. 슬라임을 구별하여 나눠놓고 다시 연무장에 모여야 했다.

"안 가봐도 되나?"

대련을 하려면 라이라도 준비를 해야 함이었다.

이에 묻자, 라이라가 조심스럽게 입을 열었다.

"조금만 더 함께하면 안 되겠습니까?"

이전보다 적극적으로 변한 것 같다면, 착각일까?

대답하지 않고 앞서 나가자, 라이라가 일분일초가 아쉽다는 듯 눈을 빛내며 내 옆으로 바짝 붙어 걷기 시작했다.

푸른 산호의 섬.

이름 그대로 푸른 산호가 지천에 깔린 작은 섬이었다.

그곳에 있는 거대한 궁전에 수많은 존재가 모였다.

인산인해가 아니라 괴산괴해(怪山怪海)라고 해야 할 정도였다.

그야말로 괴물 천지. 쥐의 모습을 한 어린아이 크기의 '쥐도령'부터, 흡혈귀나 온갖 보석으로 치장한 오크, 트윈헤드 오우거, 심지어 데스나이트마저 있었다.

메두사와 같은 강력한 괴물들도 보였다. 가장 파괴적인 괴물이라 불리는 발록을 봤을 땐 숨이 멈추는 줄 알았다.

슈앙! 소리와 함께 게이트를 넘어 모습을 드러내자, 그 순간 주변이 시끄러워졌다.

"라이라 디아블로?"

"정말 라이라 디아블로라고?"

"믿기지 않는군."

나보다 라이라가 더욱 주목을 받았다.

오히려 저들은 나를 모르는 것 같았다. 하기야, 암흑상회에서나 구분하는 자들이 있었지, 공식적으로 우리엘 디아블로는 100년간 활동을 하지 않았다.

"그녀가 이런 장소에 모습을 드러낸 건 처음 아닌가?"

"하! 여전히 용맹하고 아름답군."

"저런 차림은…… 설마 짝을 찾으러 온 건 아니겠지?"

"제, 젠장. 너무 대충 입고 온 거 같은데."

폭발적인 인기였다. 라이라는 별것 아니라는 듯이 행동했다. 오히려 저런 관심이 귀찮아 보이기까지 했다.

라이라가 내게 더 가까이 다가오자, 그제야 시선이 나에게 몰렸다.

"그런데 옆의 마족은 누구지?"

"음. 심상치 않은 마력이 느껴지는군."

"저 모습은 분명히……."

그제야 나를 경계했다.

그중엔 나를 알아차린 자도 있긴 했지만 극소수였다.

천천히 주변을 둘러봤다.

수많은 괴물. 하지만 분명히 '포인트 냄새'가 났다.

괴물 주제에 차려입고 온 녀석도 많았다. 그들이 가져온 것, 착용한 것 등을 심안으로 살피자 곧 이 연회의 의미를 눈치챌 수 있었다.

'과연.'

왜 크리퀴가 '아름답고 멋있게 차려입고 오라'고 했는지 알겠다.

심연의 대부호들이 모이는 장소. 하지만 이들은 단순한 대부호가 아니었다. 군단의 주인, 종족을 이끄는 지도자, 혹은 갖은 도시의 주인들.

아마도 다른 데몬로드 또한 있을 테지.

그러니 오늘 이곳의 주인공이 되어야 한다는 뜻이다. 더욱 높은 도약을 위해선 말이다.

나는 라이라의 어깨에 손을 얹었다.

"로, 로드시여?"

"여유 있게 웃으며 걸으라. 너무 뻣뻣하군."

"아, 알겠습니다."

라이라가 억지로 웃어 보였다.

어색하긴 했지만 봐줄 만하였다.

우리는 그 상태로 연회장에 발을 들였다.

# 17장
## 꿰뚫어 보는 자

좌아아악!

좀비킹 아크시즈의 마지막 좀비가 쓰러졌다. 포그 좀비는 숨 쉬는 것처럼 독을 뿜어대서 여간 쉽지 않은 적이었다.

민식이 크게 숨을 토해냈다. 모든 좀비를 없애고 좀비킹의 묘지에 도착하기까지 벌써 한 달. 수많은 희생을 토대로 일궈낸 값진 결과였다.

거대한 문 하나를 두고 민식이 주변을 둘러봤다.

남은 이는 고작 20명. 하지만 그들의 눈빛은 더없이 독했다.

'마음에 드는군.'

포그 좀비의 목에서 검을 빼낸 민식이 고개를 끄덕였다.

처음 의도대로, 그들은 '결속'할 수 있었다. 민식을 중심으로 돌아가는 완벽한 카르텔의 완성. 이곳에 들어왔을 때의 유약한 모습은 온데간데없고 혈귀(血鬼)만이 남아 있었다.

이대로 바깥에 나가도 그들은 결코 배신하지 않으리라.

'악마의 인장이 박혀 있는 한.'

악마의 인장.

심장에 새겨지며, 절대로 주인을 배신하지 못하게 만드는 마법.

좀비킹 아크시즈의 측근인 '죽음의 좀비'가 가지고 있었던 것이다. 원래라면 제약이 커서 일반적인 사람은 익히는 게 불가능하지만 민식은 마검사였다. 모든 마법을 익힐 수 있는 직업! 그것이 설령 흑마법이라고 할지라도 익히는 게 가능했다.

인장을 새기기 위해선 몇 가지 제약이 있다. 그러나 시리아를 제외하면 모두 새길 수 있었다. 시리아는 성녀의 특성을 지녔기에 하고 싶어도 할 수 없었던 것이다.

'한성이 녀석은 흑마법에 손을 대지 않았지만……'

오한성. 그는 영웅이었다. 그가 빛날 때, 민식은 어둠 속에 가라앉았다. 친우였기에 더욱 선망했으며 또한 시기하기도 하였다.

하지만 그에겐 명백한 '선'이 있었다. 그래서 최후의 영웅, 진정한 영웅 등으로 불린 것이겠지만, 한계가 명확했다.

민식은 그보다 더욱 위대한 영웅이 되기를 바랐다. 그러기 위해선 마냥 깨끗한 길만을 걸을 순 없었다.

'역사는 승자만을 기억하고 기록한다.'

다소 과격한 방법일지라도…… 민식은 승자가 되고 싶었다. 진정한 승자가 되어 모든 위험으로부터 인류를 지키리라.

그러기 위해선 손을 더럽힐 줄도 알아야 한다. 한성, 녀석은 손을 더럽히지 않았다. 영웅이라는 굴레에 허덕이며 힘들어했다.

배부른 투정이다. 적어도 자신이 보기엔 그랬다.

'악마의 인장은 단지 배신하지 못하게 하는 것일 뿐, 진정으로 나를 따르게 만들진 않지.'

지난 한 달여 동안 그들만의 '결속'을 위해 민식은 부단히 애를 썼다.

좀비킹 아크시즈는 별다른 문제가 안 된다.

저들이 바깥으로, 사회로 나갔을 때, 자신의 힘이 되어주어야 했다.

살아남은 이 대부분이 사회에서 '힘 있는' 자들로 분류되었다. 악마의 인장으로 인하여 자신이 죽거나, 자신을 배반하면 저들 역시 죽는다는 인식을 확실하게 심어줬다.

'이건 시작에 불과하다.'

앞으로 수개월 뒤 세계 곳곳에서 생기는 싱크홀. 그곳에서

7대 주선 중 하나인 '인내'를 구하는 게 민식의 목표였다.

이들은 그 밑바탕이고, 자신의 '힘'을 키우기 위한 초석이었다.

'나찰산, 아르힘의 호수, 붉은 석산……'

가야 할 곳은 많았다. 그곳에서 얻어야 할 것도 많았다. 당장 좀비킹을 죽이고 다르한의 검을 얻으면, 그 즉시 나찰산으로 향할 예정이었다.

다르한의 검엔 A랭크의 공격마법인 월광(月光)이 담겨 있었다. 그걸 얻으면 성장이 한결 수월해질 것이었다.

특히 나찰산은 최고의 사냥터다. 아르힘의 호수나 붉은 석산보다도 나찰산을 먼저 가야 했다.

또한 나찰산에 있는 '팔라딘의 망토'를 비롯한 팔라딘 세트를 모을 것이다. 초반에서 중반까지 사용할 수 있는 최강의 무구. 얻을 수만 있다면 감히 누구도 자신을 이길 수 없다. 7대 주선을 얻는 것쯤은 어렵지 않으리라.

"좀비킹을 잡을 시간이다. 다들 준비되었나?"

민식은 무겁게 말했다.

이곳의 마지막 목표. 좀비킹 아크시즈를 사냥할 시간이 다가온 것이다.

수월하게 나아가며 데몬로드마저 막는 게 민식이 바라는 구도였다. 500명의 영웅 중 오한성을 제외하고 전멸시켰던 그 절대악의 괴물. 전율과 학살의 여왕과 함께, 반드시 잡아 보일 것이다. 그리하여 진정한 영웅의 길을 걸을 것이었다.

모두가 고개를 주억거렸다.

단 한 명. 시리아를 제외하고.

'아직도 나를 못 믿고 있구나.'

유일하게 악마의 인장을 박지 못한 사람.

그녀는 민식에게 부정적이었다. 하지만 그럼에도 벗어날 수 없었다.

그녀의 가문이 멸망하지 않으려거든 자신의 도움이 필수적이었다. 더불어 그녀가 가문으로 돌아가는 것 역시.

그랬기에 러시아에서 한걸음에 한국까지 달려온 게다.

'어차피 너 혼자서 할 수 있는 건 없다, 시리아.'

성녀. 그 미모도 찬란하다. 밤마다 덮치려는 놈들은 민식, 그가 다 죽였다.

자신이 최고가 되는 데에는 그녀가 필요했다. 그녀의 힘과 러시아 군부의 힘을 가지게 되거든 세계적으로 우뚝 설 수 있을 것이다.

반대로 그녀에게도 민식이 필요하다. 성녀는 전투와 관련된 직업이 아니다. 그녀 혼자서 성취를 이루려거든 한계가 있다. 민식의 옆에 붙어 있는 게 가장 빠른 성장법이었다.

그러니…….

'넌 날 거부할 수 없다.'

마음을 편하게 가졌다.

지금은 싫어해도, 머지않아 깨닫게 될 것이다.

그녀가 의지할 사람은 민식, 자신밖에 없다는 걸.

"그럼 가지."

끼이이익!

좀비킹 아크시즈가 머무는 최후의 관문을 열었다.

연회장은 넓었다. 일만이 넘는 괴물을 모두 수용할 정도로 넓다면 말은 다 했다.

그곳에서 라이라 디아블로는 주목의 대상이었다.

아름다운 순백의 드레스와 보랏빛 보석이 박혀 있는 목걸이, 그 외에도 값비싼 보석 등으로 치장하여 한번 보면 눈이 멀 만큼 아름다웠다.

"전장의 암표범에게 저런 모습이 있을 줄이야……."

"내 아이를 낳게 하고 싶군."

"훌륭한 의상과 보석들이다. 그녀에게 저 정도로 안목이 있을 줄은 몰랐는데."

괴물들도 나름 보는 눈은 있었다. 직설적인 표현을 사용하긴 하지만 인간과 비슷한 수준의 심미안을 가진 괴물들도 있는 것 같았다.

주로 인간과 비슷하게 생긴 괴물들 한정이긴 했지만.

반대로 군침을 흘리며 '맛있겠다'라고 말하는 녀석들도 있는 걸 보면 역시나 정상적인 연회의 장소로 생각하긴 어려웠다.

라이라의 옆에 있는 나에게도 시선이 쏠리긴 매한가지였다.

내가 우리엘 디아블로라는 이야기가 여기저기서 돌기 시작했고, 그 덕분에 쉽사리 다가오진 못하고 있었다.

그들이 아무리 도시의, 군단의 주인이라 한들 과연 데몬로드에는 못 미치는 것이다. 그것이 아무리 최약의 데몬로드라고 할지라도 말이다.

연회장에는 테이블이 많았다. 주로 크기에 따라서 의자와 테이블 따위가 준비되어 있었는데, 나는 그중 내 몸집에 맞는 곳으로 다가갔다.

"로드 우리엘 디아블로……."

"피하는 게 좋겠군."

오우거 킹, 나가 퀸, 기간테스 등이 내가 다가가자 슬쩍 자리를 옮겼다.

묘한 기분이었다. 적으로 만났을 땐 하나같이 강력하기 짝이 없는 괴물들이었다. 목숨을 걸고 싸워서 겨우 이긴 적들.

그러한 괴물들이 나를 보고 도망간다.

"로드시여, 어찌하시겠습니까?"

"춤을 추어라."

"예?"

"오늘의 주인공은 내가 아니라 너다. 교류를 하며 너를 더욱 뽐내는 게 맞다."

"하오나……."

라이라가 슬쩍 연회장의 중심을 바라봤다.

우아하게 춤을 추고 있는 자들이 보였다. 마족들, 혹은 흡혈귀나 드워프와 같은 아인종들.

연회장의 구석에 있는 작은 호수에선 바다의 인어, 세이렌이 노래를 불렀다. 그래서인지 적어도 그들 모두가 '적대감'은 없었다.

저곳에 들어가는 순간 라이라는 주인공이 될 것이다.

그게 내가, 크리퀴가 바라는 바였다.

'저 드레스와 보석들은 크리퀴가 협찬한 것이지.'

크리퀴는 보석과 약초를 판다. 일종의 협찬이었다. 심연의 주목을 받는 라이라가 아름다운 장신구 등을 착용하면, 당연히 수요가 생길 거라는 판단.

더불어…….

'구르망디.'

녀석도 이곳에 있었다.

서로 모르는 척하고는 있지만 이 또한 계획한 전략이다.

"그와 친분을 나눠야 하지 않겠느냐?"

내가 슬쩍 눈치를 주자 라이라가 구르망디에게 시선을 줬다. 그는 연회장의 중심에서 술잔을 홀짝이며 주변의 여럿에게 '절대지배상회'에 대한 어필을 하는 중이었다.

천상 발명가인 줄로만 알았더니 제법 분위기도 탈 줄 알았다.

"……알겠습니다."

내키지 않는 표정이었지만, 라이라가 수긍했다.

이 역시 나를 위한 일이었으니.

'그럼.'

라이라가 떠나간 직후, 나는 테이블에 준비된 음식들을 먹었다. 대부분 과일이나 날것 그대로의 음식이었지만 약간의 양념을 해서 그런지 나름의 풍미를 풍겼다.

내가 할 일은 이곳에서 분위기를 잡는 것이다. 인맥이나 절대지배상회의 어필은 구르망디와 라이라가 할 터였다.

나는 이후 연회의 막바지에 시작될, 정상적인 루트로는 결코 판매가 불가능한 것들을 파는 '이면 경매'에 참여할 계획이었다.

크리퀴가 말하길, 이 이면 경매에서야말로 '진주'를 구할 수 있다나.

'더불어…… 내가 가진 것을 팔 수도 있지.'

내가 팔 건 별게 없었다.

이그닐과 이타콰가 뚫고 나온 알의 껍데기.

거기에 몇 가지 장치를 더하여 크리퀴가 팔기로 했다.

크리퀴와 같은 불법적인 일도 서슴없이 벌이는 암흑인들이 딜러로서 출진한다. 크리퀴의 역량에 따라서 내가 사고파는 것들의 한도가 달라진다는 뜻.

자신 있다고 호언장담을 했으니 나름대로 기대해 볼 만하였다.

"로드 우리엘 디아블로. 데몬로드가 직접 이런 연회에 참여하는 건 흔하지 않은 일인데, 만나서 반갑군요."

한 다크엘프가 다가왔다. 강인한 신체를 지닌 여성. 왼쪽 눈을 가리는 검은색 안대를 쓰고 있었다. 경장을 입고 있었는데, 흘러나오는 마력이 굉장히 전투적이었다.

'다크엘프 엘더.'

다크엘프 퀸이나 킹보다 한 차원 높은 존재. 한 세대에 몇 명 태어나지 않는다는 '엘더'의 이름을 이은 다크엘프였다.

과거 내가 보았던 엘프의 여왕도 엘더의 이름을 이었으니, 흥미가 생기지 않을 수 없었다. 천천히 심안을 열었다.

**이름:** 쟈낙(value-792,500)

**종족:** 다크엘프

**칭호:**

- 다크엘프 엘더(9Lv, 지능+11)
- '심연의 지평선'의 영주(8Lv, 힘민체+5)
- 붉은 마안의 소유자(8Lv, 마력+9)

**능력치:**

힘 100(95+5) 민첩 113(98+15) 체력 100(95+5)

지능 103(92+11) 마력 99(90+9)

잠재력(470+45/485)

**특이 사항:**

-5만의 다크엘프 전사를 다스리는 영주입니다. '심연의 지평선' 소속의 용병들은 일당백의 무력을 지니고 있습니다.

**착용 장비:** 발할라(민첩+10)


도시의 주인이었다.

하물며 '심연의 지평선'은 라이라가 고용한 1급 용병단의 소속 아니었던가. 그녀가 내게로 다가온 이유가 그와 관련된 것 같았다.

일단 종합 능력치가 500을 넘어 있었다. 이는 나찰과 비슷한 수준이었는데, 종합 능력치가 500을 넘기면 '격'의 진화를 한다고 한다. 보고 느끼는 것 자체의 기준이 달라지며, 나와 같은 존재에 대한 면역을 가진다고.

나가 퀸과 같은 괴물마저 나를 피했지만 그녀는 도리어 나를 찾아왔다.

그래서 종합 능력치 500을 넘기면 기하급수적으로 가치가 올라가는 것 같았다.

'탐나는군.'

물론 포인트를 아무리 쏟아부어도 그녀만 한 '격'을 지닌 존재를 완전하게 지배하진 못할 것이다. 하지만 그게 가능하다면 5만의 병력을 얻는 셈이었다.

"샤낙이라고 해요. 라이라는 과거에 자주 봤지만, 우리는 몇 번 못 봤죠? '심연의 지평선'을 다스리는 영주입니다. 헤이만이 잘해주던가요?"

우리엘 디아블로를 과거 몇 차례 만난 듯했다.

기억은 안 났다. 하여 어깨를 으쓱하며 말했다.

"그대가 심연의 지평선을 다스리는 영주였군. 헤이만을 빌린 덕분에 카르페디엠의 도발이 적어져서 고맙다고 생각하고 있었다."

"다행이네요. 그럼 친애의 의미로 악수나 한번?"

모르는 척 시치미를 뚝 떼며 그녀가 내미는 손을 붙잡았다.

이후 그녀가 잔을 내밀자, 나도 마찬가지로 잔을 부딪쳤다.

붉은빛의 포도주를 마신 뒤 쟈낙이 말했다.

"데몬로드들은 보통 자신을 대신할 '대행'을 보내곤 하는데, 직접 오시다니 특이한 일이군요."

쟈낙의 말마따나 곳곳에 다른 데몬로드들의 '심복'으로 보이는 자들이 있었다. 하지만 직접 찾아온 데몬로드는 보이지 않았다.

암흑상회라면 모를까 이런 곳에 굳이 들어오긴 창피하다는 건지, 격에 안 맞다는 건지.

본래의 우리엘 디아블로였다면 마찬가지로 라이라만 보냈을 수도 있었겠다. 하지만 나는 그따위 데몬로드 특유의 자존심이 없었다.

"100년 만에 깨어났으니 더 부지런해야 하지 않겠나?"

"하기야 다른 데몬로드들은 다 이미 기반을 만들었죠. 대부분이 '사천왕' 소속이긴 하지만……."

사천왕. 위대한 별을 다스려 신보다 더욱 신다운 자리에 앉으려는 자들.

태양왕, 지옥왕, 천왕과 사자왕이 있었다.

"그런데 '심연의 지평선'은 내게 용병을 빌려줘도 괜찮은 건가? 카르페디엠이 가만히 지켜보고 있진 않을진대."

실제로 카르페디엠은 장벽이었다. 카르페디엠이 적대한다는 소문이 나자 모든 이가 나로부터 떨어지려고 했다.

하지만 쟈낙은 코웃음을 쳤다.

"우리는 용병 집단이랍니다. 응당한 대가만 치르면 그게 누구든 용병을 빌려주죠. 우리를 적대하겠다면 각오해야 할 거예요."

굉장한 자신감이었다.

데몬로드가 덤벼도 쉽게 쓰러지지 않으리란, 혹은 이길 수 있다는 의미다.

나는 우스갯소리로 말했다.

"카르페디엠 쪽에서 용병을 빌리겠다면? 빌려줄 건가?"

"빌려주긴 하겠지만 빌리지 않겠죠. 사천왕과 관련된 데몬로드들은 그들에게 병력을 빌리지, 우리를 통하진 않아요. 그네들 입장에서 우리는 '야인' 그 자체이니 자존심이 상하는 것이겠죠."

카르페디엠 역시도 사천왕 소속이었다.

지옥왕의 비호를 받는 데몬로드. 다만 고작 나를 가지고 고전하는 걸 보면 말단 중의 말단이라는 걸 알 수 있었다.

"야인이 아니라 들판에 핀 꽃이겠지. 그 강인한 생명력이 나는 좋더군."

"후후, 낭만을 아시는 분이로군요."

쟈낙과는 친분을 쌓아둬서 나쁠 게 없을 듯싶었다.

와인 한 잔을 더 마신 쟈낙이 내게 다시금 손을 내밀었다.

"그럼 친애의 의미에서 춤 한 곡?"

"……로드시여."

그때였다.

메마른 사막처럼 굳어버린 얼굴로, 라이라가 모습을 드러냈다.

주변으로 살얼음이 둥둥 떠 있는 것만 같았다. 구르망디만 저 뒤에 남아서 발을 동동 구르고 있었다. 아무래도 춤을 추는 도중에 찾아온 모양이었다.

하지만 쟈낙은 아무런 영향도 받지 않았다.

도리어 밝아진 얼굴로 라이라를 환대했다.

"라이라 디아블로. 직접 보는 건 오랜만이네요. 잘 지냈나요?"

"그 말투, 여전히 나를 어린아이처럼 보는군."

"그대에게 검을 가르쳐 준 게 나니까요."

그랬던가? 쟈낙이 스스럼없이 내게 다가온 이유 중에는 라이라가 엮여 있는 것 같았다. 내가 우리엘 디아블로의 기억을 모두 가진 건 아니었으므로.

하긴, 우리엘은 검술을 다룰 줄 모른다. 칠흑의 손길과 용언만으로도 어지간한 적은 물리칠 수 있었다. 보다 강한 적은 '검은 별(10Lv)'로 처리를 하면 되었고.

검은 별은 단 하나의 대상을 지정하여 '수많은' 저주를 거는 권능이다. 권능이라 이름 붙은 만큼 어지간한 지능이나 수호로는 막을 수 없다.

'단 하나'만을 지정할 수 있기에 여럿이서 덤비면 이길 승산이 생길 수도 있지만 문제는 라이라다.

라이라는 적이 많을수록 힘을 발휘하니 상성이 좋았다. 라이라와 우리엘, 이 둘의 조합이 데몬로드를 뽑는 전쟁에서 승리할 수 있었던 이유다.

'상당한 실력자.'

그렇다 보니 라이라의 검술 실력은 다른 데에서 기반으로 하는 게 당연했다.

그리고 라이라에게 검술을 가르쳤다면 쟈낙 역시 상상 이상의 실력자일 터였다.

특유의 자세나 기도가 확실히 날카로운 칼과 같았다.

"로드시여. 저와 함께 추시지요. 다크엘프와 손을 잡으면 로드의 품위가 떨어집니다."

"듣던 대로 말투가 굉장히 공격적으로 변했군요. 과거엔 그토록 귀여웠는데……."

"쟈낙, 네가 나를 가르쳤을지 몰라도, 또한 나를 팔려고 했다는 것도 기억하고 있다. 다크엘프라는 족속들은 모두 뒤가 구리지."

이 부분에선 살짝 경악하고 말았다. 스승이라면서 팔려고 했다니!

쟈낙이 고개를 떨어뜨렸다.

"그땐 제가 뭘 몰랐죠. 설마 우리엘께서 데몬로드가 되시리라곤 상상도 못 했는걸요. 저도 그 당시엔 영주가 아니었고요."

"그날 로드께서 너를 죽이지 않은 걸 감사히 여겨라."

"고맙게 생각하고 있어요. 라이라, 그대가 말려준 덕에 안 죽은 걸요. 덕분에 무사히 지평선의 영주가 되었답니다. 그래서 용병도 싸게 빌려주고 있지 않던가요?"

구면이긴 했지만 꽤 악연인 것 같았다.

하지만 쟈낙은 라이라와 달리 분명히 '호의'를 비추고 있었다.

쟈낙이 숙였던 고개를 들고는 웃어 보였다.

"과거의 일은 잊고, 새로운 관계를 쌓아가죠. 저도 얍삽한 카르페디엠보다 우직한 우리엘 님이 승리하길 바란답니다."

말에도 거침이 없었다. 카르페디엠의 눈치 따윈 전혀 안 본다는 게 느껴졌다. 그만큼 '심연의 지평선'이란 집단이 꽤 강력하다는 뜻인지.

라이라냐, 쟈낙이냐.

둘 다 나와 함께 춤을 추길 바랐다.

처음 함께 춤을 추는 상대라는 건 매우 특별한 의미를 갖는다.

냉정하게 생각하면 라이라가 양보하는 게 맞다. 쟈낙과 관계를 형성하는 건 나에게 있어서 중대한 이득이기 때문이다.

다른 데몬로드를 신경 쓰지 않는다는 점도 마음에 들었다.

"그럼……."

내가 막 몸을 돌려 쟈낙에게 말을 걸려고 할 때였다.

투욱.

연회장이 어두워졌다. 이윽고 전신이 타오르는 말, '화염마'에 올라탄 암흑인 몇 명이 튀어나왔다. 그들 중에는 크리퀴도 있었다.

크리퀴가 이번 연회를 여는 데 지대한 공헌을 했다고 들었다. 암흑상회가 허락하지 않고 암흑상인이 개인적으로 주도하는 연회는 모두 불법이지만, 크리퀴는 이익을 위해선 물불 가리지 않았기 때문이다.

이런 장소이다 보니 데몬로드들이 직접 오길 꺼리는 걸지도 모르겠다. 체면이 안 서는 것이다. 그래서 대리인만을 보내는 것이다.

"연회는 즐거우십니까?"

덜커겅!

화염마에 탄 암흑인 한 명이 말하자, 그 순간 천장에서 거대한 철창이 내려왔다.

철창의 바닥은 딱딱한 돌로 이루어져 있었고 그 안에는 한 괴물이 있었다.

크아아아아아앙!

쿵! 쿠아앙!

네 발 달린, 사자와 비슷하게 생긴 짐승이었다.

하지만 그 크기는 사자에 비할 바가 아니었다. 족히 다섯 배는 컸다.

전신이 근육으로 이루어져 있었고 털들은 강철처럼 단단하며 뾰족했다.

"흥을 더 돋우고자 작은 이벤트를 준비해 봤습니다. 한때는 '판넬 숲'의 주인, '위대한 호르모마스'라 불렸던 짐승입니다. 저 거대하고 육중한 근육을 보십시오!"

호응도 만만치 않았다.

"호르모마스! 유명한 짐승 아닌가."

"용케도 잡아들였군. 판넬 숲은 '마해'의 근처라 괴물들이 모두 강하지."

"그곳의 주인이라면……."

모두가 작게 감탄했다. 그 반응을 보곤 암흑인이 미소를 지었다.

"자, 저 판넬 숲의 주인을 상대할 또 다른 괴물이 있습니다. 쌍두룡! 순혈종의 용은 아니지만 그 힘은 히드라와 맞먹는다고 전해지지요!"

쿵!

천장에서 떨어지듯 내려왔다.

머리가 두 개 달린 용. 10m는 되어 보일 법한 몸집. 쌍두룡이다.

마법은 사용할 줄 모르지만 육체 능력은 상상을 초월하는 괴물이었다.

"호르모마스와 쌍두룡이 싸웁니다. 누가 이길까요? 원하신다면 포인트를 걸고 승패의 결과 예측에 참여하실 수 있습니다. 그리고 맞출 경우 맞추지 못한 쪽의 포인트 비율만큼 획득할 기회를 드립니다!"

공식적으로 치러질 수 없는 도박!

그 생생한 현장이었다.

하물며 이처럼 우수한 투기장을 누가 만들겠는가.

쌍두룡과 판넬 숲의 주인이라니…….

"아무리 그래도 용족을 당할 수는 없지."

"호르모마스를 모르니 그런 소리를 하는 거다."

"제법 흥미진진하군."

의견이 첨예하게 갈렸다. 그만큼 두 괴물은 강력하기 짝이 없었다.

하나둘 도박에 참여하기 시작했다.

"누가 이길 것 같으냐?"

내가 묻자 라이라가 먼저 답했다.

"호르모마스. 쌍두룡을 보고도 기세를 잃지 않았어요."

"저는 쌍두룡이라고 생각해요. 쌍두룡은 신체 능력도 능력이지만 치명적인 독을 품고 있으니까요."

쟈낙은 라이라의 말과 반대되는 의견을 냈다.

나는 턱을 쓸며 심안을 열었다. 능력치를 보면 보다 확실한 판단이 가능할 것이었다.


**이름:** 호르모마스(value-47,000)

**종족:** 강철사자족

**능력치:**

　　　힘 74 민첩 91 체력 69

　　　지능 55 마력 66

　　　잠재력(355/360)


**이름:** 쌍두룡(value-53,000)

**종족:** 용족

**능력치:**

　　　힘 88 민첩 75 체력 82

　　　지능 60 마력 70

　　　잠재력 (375/375)

능력치는 근소하게 쌍두룡이 앞선다. 단순한 신체 능력치의 합도 쌍두룡이 좋은 편이었다. 단 하나, 민첩을 제외하곤 말이다.

민첩 하나가 힘과 체력을 커버할 수 있느냐가 문제였다. 하지만 호르모마스의 민첩은 90을 넘었다.

'90이 넘는 단일 능력치는 나머지 능력치 이상의 효율을 보이지.'

한 방 대결이었다. 쌍두룡의 공격이 한 번만 성공해도 호르모마스는 뼈도 못 추린다. 반대로 호르모마스는 쌍두룡의 공격을 피할 만큼 민첩했고, 지속적인 공격으로 쌍두룡의 피부를 너덜너덜하게 만들 수 있었다.

누가 이길지 제대로 판단이 서지 않았다.

투기장이 열릴 거라는 사실은 사전에 알았지만, 크리퀴는 참여하지 않기를 권했다.

"가장 첫 싸움은 '호르모마스'와 '쌍두룡'이 치르게 될 겁니다. 다만, 투기장에서만큼은 조작이 없습니다. 한마디로 밑밥이지요. 저희도 누가 이길지 모릅니다. 특히 투기장은 아예 제 소관이 아닌지라."

하지만 그간의 경험과 심안으로 살핀 결과로는…….

"호르모마스에게 4만 포인트."

말을 꺼낸 순간이었다.

[호르모마스에게 40,000pt를 겁니다.]

[호르모마스가 승리할 경우 1.27비율만큼의 포인트를 획득할 수 있습니다.]

공중에 걸린 전광판의 숫자가 한 번에 올라갔다.

4만 포인트. 대부호들이 모였다곤 하지만 한 번에 걸기는 분명히 많은 액수였다.

"허어."

"아무리 데몬로드라도 4만 포인트는 부담이 될 터인데?"

"어디서 아르만티움 광맥이라도 구했나?"

라이라도 내 눈치를 살폈다.

"로드시여……."

불안하게 떨리는 눈빛. 설마 자신의 말이 내게 영향을 끼친 것인지 하는 마음인 듯싶었다. 반대로 쟈낙이 아닌 자신의 말을 들었다는 약간의 희열도 섞여 있는 것 같긴 했다.

어디까지나 내 결정이었지만.

쟈낙은 신기하다는 듯이 말했다.

"도박에 꽤 취향이 있으신 모양이군요?"

"호르모마스란 녀석의 눈빛이 마음에 들었다."

"그럼 저도 호르모마스에게 2만 포인트를."

"쌍두룡이 이길 거라고 하지 않았나?"

"이겨도 져도, 저는 손해가 없답니다."

쟈낙이 한쪽 눈을 찡긋했다.

내게 부담을 씌우겠다는 거다. 과연 이익에 따라 움직이는 용병다웠다. 이기면 이기는 대로 좋고, 져도 '내게 보인 호의 의 값'으로 넘길 수 있었다.

그걸 직설적으로 말하는 것까지. 머리가 좋았다.

"그럼 시작하겠습니다. 판넬 숲의 주인, 호르모마스! 그리 고 용족 쌍두룡의 싸움! 누가 이길 것인가!"

암흑인의 외침이 끝나자 철창의 중앙을 막았던 벽이 아래 로 내려갔다.

호르모마스와 쌍두룡은 지극히 흥분한 상태였다.

벽이 내려감과 동시에 부딪혔고,

크아아아앙!

콰르르르르!

철창이 쉴 새 없이 흔들리기 시작했다.

먼저 공격을 가한 건 호르모마스다. 그 날렵함 탓에 쌍두 룡이 쉬이 호르모마스에게 공격권을 넘겨주고 있었다.

하지만 그것도 잠시뿐이었다.

쿠루루루!

쌍두룡이 입에서 독 안개를 내뿜었다.

철창에는 마법적인 조치가 취해져 있어서 독 안개가 바깥으로 나오진 않았지만, 순식간에 철창 안을 물들였다.

독 안개를 마신 호르모마스의 행동력이 느려졌다.

머리를 휘젓고는 다시 움직이려 했지만, 쌍두룡이 조금 더 빨랐다.

"그대로 물어 죽여라!"

"뭉개 버려!"

주변 이들이 소리를 내질렀다.

호르모마스의 몸이 쌍두룡의 꼬리에 붙잡힌 것이다.

그러자 호르모마스가 갈기를 쭈뼛하게 세웠다.

동시에 털들이 철처럼 바짝 굳어서 사방으로 날아가기 시작했다.

바늘처럼 날카로운 털은 곧 쌍두룡의 오른쪽 눈을 맞췄다.

키아아아아아악!

쌍두룡이 비명에 몸부림을 쳤다.

그사이 호르모마스가 꼬리로부터 벗어나 쌍두룡의 몸을 타고 빠르게 올라가, 재빨리 목을 깨물었다.

히야아아아!

쌍두룡의 움직임이 조금씩 과격해졌다. 호르모마스는 이빨을 거둘 수밖에 없었다.

이후는 무느냐, 피하느냐의 싸움이었다.

하지만 시간이 지날수록 호르모마스가 불리할 건 자명했다. 독 안개는 시시각각 진해지고 있었다. 마침내 철창 안을 완전히 물들였을 땐, 안의 상황이 제대로 보이지도 않았다.

"역시 쌍두룡의 독은 당할 수 없는 건가?"

"판넬 숲의 주인이라는 것도 별거 아니군."

"5천 포인트만 날렸네."

호르모마스에게 포인트를 건 이들은 한숨을 내쉬었다.

독 안개 안에서도 싸움은 계속됐다.

그리고 독 안개가 걷혔을 때…….

키에에에엑!

단말마와 함께 쿵! 소리를 내며 쌍두룡이 쓰러졌다.

놀랍게도 승자는 호르모마스였다. 쌍두룡이 한쪽 눈을 잃은 걸 알고 똑똑하게도 오른쪽에서만 공격을 가한 끝에 이긴 것이다.

"제법인데?"

"싸울 줄 아는군."

"쌍두룡은 용족이라 치기에도 사실 애매하지."

모두가 짧게 감상을 남겼다.


[1.27의 비율, 50,800포인트를 획득했습니다.]

[56,440포인트를 보유하고 있습니다.]

나는 작게 미소 지었다.

단숨에 만 포인트를 벌었다.

이런 투기장이라면 백 번을 해도 좋을 것 같았다.

"정말 이겼군요."

쟈낙이 신기하다는 듯 말했다.

나는 계속해서 앞을 주시하고 있었다.

곧 암흑인이 과장스럽게 웃으며 입을 열었다.

"호르모마스가 이겼습니다! 역시 역전의 용사! 그럼 바로 다음 싸움으로 가보실까요?"

철창의 중심에 벽이 올라오고, 이번엔 돌로 만든 골렘이 나타났다.

"중급의 골렘입니다. 과연 지친 호르모마스가 이 녀석도 이길 수 있을지, 궁금하지 않으십니까?"

중급의 골렘.

호르모마스의 이빨이 잘 박히지도 않을 외피를 가지고 있었다.

"뻔한 싸움이로군."

"골렘에게 3천 포인트!"

"하지만 중급은 조금 약하지 않나? 아무리 호르모마스가

지쳤대도 중급 골렘으로는 싸움이 안 되지."

"자고로 다친 야수가 더욱 강한 법."

이번에도 갈렸다. 애매한 상대들로만 싸움을 붙이고 있었다. 이래서 예측이 불가능하다고 한 것이다.

"호르모마스에게 5만 포인트."

[호르모마스에게 50,000포인트를 겁니다.]

[호르모마스가 승리할 경우 1.36비율만큼의 포인트를 획득할 수 있습니다.]

"5만? 번 걸 다 건 건가?"

"버릴 생각으로 걸고 있는 모양이군."

하지만 나는 거침이 없었다.

계속해서 맞추고, 승리할 것이다.

몇 번 반복되면 나를 의심하거나 따라오려는 자들이 생길 터.

하지만 이는 내가 의도하고 있는 것이었다.

요컨대 내가 '무조건 옳다'는 인상을 주는 게 계획의 골자였다.

더욱 큰 것을 얻기 위해, 나를 중심으로 바람이 불게끔……

어차피 투기장은 전초전에 지나지 않는다.

투기장에서 적당히 잃는 척을 하면 더욱 많은 포인트를 벌 수 있을 것이다. 하지만 진정한 싸움은 '이다음'에 있었다.

크리퀴는 말했다. 암흑상회에선 판매가 불법인, 진짜 '진주'가 상당수 나온다고.

나를 따르던 자들이 경매에 참여하게 된 순간.

'너희는 얻은 모든 걸 토해내야 할 거다.'

나를 의심하거나, 믿거나, 어느 쪽에 가담해도 그들은 이길 수 없을 것이었다.

이 판은 조금씩 내 지배하에 놓이고 있었다.


[167,440포인트를 획득했습니다.]


포인트가 포인트를 부른다. 4만에서 시작한 포인트는 어느덧 4배가 넘게 불어나 있었다. 16만 7천이면 당장에 라이라에게 지어진 빚을 갚을 수 있는 액수였다.

'생각보다 쉽군.'

도합 7번을 연속해서 맞췄다. 4번이 넘어간 순간부터 내가 건 쪽의 비율이 낮아져서 조금씩 벌었음에도 이만한 수치가 완성된 것이다.

"미치겠군요. 로드께선 혹시 미래라도 볼 수 있는 건가요?"

쟈낙이 당황하여 물었다.

처음 2만에서 시작한 포인트가 8만이 넘도록 불어 있었다. 이 정도면 아무리 5만 다크엘프 전사들을 다스리는 영주라고 할지라도 큰 값이다.

7번의 싸움 모두 아슬아슬하기 그지없었다. 누가 이길지 예측 자체가 불가능한 싸움이었다. 하지만 내 선택에 따라서 결과가 정해지는 것처럼 승패가 갈린 것이다.

라이라는 처음과 달리 한결 편해진 눈빛이었다.

내가 심안을 사용하고 있음을, 유일하게 그녀만이 알고 있었다.

"이건 사기다! 로드 우리엘 디아블로와 주최 측이 짜고 있는 건 아닌가!"

이쯤 되자 반발을 하는 자들도 있었다.

내가 데몬로드이기 때문에 쉽사리 말을 못 했던 자들과 달리, 큰 규모의 도시를 지배하는 자들은 거침이 없었다.

"회색 물양의 도시를 다스리는 영주 하호 님. 저희는 이번 투기장에 아무런 조작도, 개입도 하지 않았습니다."

하호라고 불린 자는 전신이 뿔로 이루어진 괴물이었다. 수십, 수백 개의 뿔이 머리끝부터 발끝까지 다양한 길이와 두께를 가지고 솟아 있었다.

하지만 암흑인들도 당황하긴 매한가지였다. 본래 투기장은 '여흥 돋우기'에 지나지 않았던 것이다.

설마 7번 연속해서, 하필이면 데몬로드인 내가 다 맞춰 버릴 거라곤 예상하지 못했겠지. 16만 포인트 중 12만 포인트는 이곳 대부호들에게서 뜯어낸 것과 매한가지였다.

"아시지 않습니까? 푸른 산호섬의 연회는 '공정함'만을 최우선으로 삼습니다. 벌써 10여 회나 열린 연회인 만큼 신뢰도는 꽤 높을 것으로 사료됩니다."

"하지만 이상하지 않은가? 어떻게 일곱 번을 연달아 맞힐 수가 있지?"

"혹시나 '심연의 지평선'의 영주이신 쟈낙 님의 말마따나, 로드 우리엘 데몬로드께서 '미래 예시'를 하기 때문이 아닐는지요?"

"미래 예시…… 데몬로드의 권능이란 말인가!"

웅성임이 더욱 커졌다.

72명의 데몬로드가 신의 이름에 따라 '권능'을 갖는다는 건 더 이상 비밀도 아니었다. 우리엘 디아블로의 권능을 두고서도 굉장히 많은 이야기가 오가고 있었다.

그런데 미래 예시라니!

감히 최상급의 권능이다. 미래를 확실하게 보고 행동할 수 있다는 건 그 하나만으로도 굉장한 특혜가 있었다.

어느 정도까지 볼 수 있는지는 모르지만, 7번의 싸움에서 연달아 승패를 확신했다면 적어도 몇 시간 앞의 일 정도는 꿰뚫어 볼 수 있다는 뜻이다.

예언의 힘을 가진 존재도 있었고, 승패를 미리 점치는 자도 많았지만, 아예 미래를 예시할 수 있는 힘을 지닌 존재가 있다는 말은 들어본 적이 없었다.

하지만 권능이라면. 권능의 그 강력한 능력이라면 가능하지 않을까.

'예상보다 재미있게 흘러가는군.'

나로선 좋았다. 내가 가진 권능은 심안, 그리고 지배자다. 미래 예시라기보다는 미래에서 돌아온 것이지만 크게 틀린 말도 아니었다.

게다가 이러한 소문들이 부풀려서 퍼지면, 나를 경계하는 자들이 늘어날 것이다. 특히 나를 적대하려고 했던 자들은 다시 한번 생각해야 할 수도 있었다.

멸제의 카르페디엠…… 녀석도 마찬가지다.

마지막으로 녀석을 만났을 때, 나는 선전포고를 했다. 싸움이 기다려진다고. 만약 내가 미래 예시의 권능을 가졌다는 이야기가 퍼지면 카르페디엠은 바짝 얼어버릴지도 모르겠다.

"아무튼 투기장은 여기서 막을 내리겠습니다. 그럼 바로 다음 단계로 나아가지요."

짝짝!

암흑인이 두 차례 손뼉을 쳤다.

그러자 거대한 철창이 천천히 올라가더니 천장 위로 들어가 모습을 감췄다.

"그럼 투자회를 시작하겠습니다. 오늘 투자회에 참여할 신상 상회는 스물한 곳! 모두 앞으로의 성장 가능성이 무궁무진한 '특별한 것'들을 들고 나왔습니다. 그럼 보실까요?"

두 번째는 투자회였다.

새로운 아이템으로 무장한 신상 상회가, 투자자의 모집을 위해 이곳에 자리를 한 것이다.

투자자들을 모집하고 규모를 불려서 시장을 넓히는 게 그들의 목적이다. 투자하고 싶은 상회가 보이면 주주가 될 수도 있고, 서로의 합이 맞을 경우 아예 상회 자체를 넘기거나 합병시킬 수도 있었다.

'구르망디가 나설 차례.'

그리고 이곳에서 구르망디가 나선다. 절대지배상회의 대표로서.

첫 번째로 모습을 보인 건 붉은색 피부를 가진 오크였다. 붉은 오크는 거대한 함을 하나 가져왔다. 온갖 쓰다 버려진 무기가 즐비했다.

"우리는, 찾는다. 전쟁, 쫓는다. 그리고 모은다. 이것들을 여러 곳에, 판다."

짧은 언어로 열심히 설명하고 있었다. 한마디로 전쟁이 있는 곳마다 출몰하여 그곳에 버려진 장비들을 줍는 사업을 벌이고 싶다는 이야기다.

"거래할, 상회, 찾는다. 투자해 줄, 자도 찾는다. 우리는 '스케빈져'다."

나쁘지 않은 아이디어였다. 열심히만 하면 짭짤한 소득을 기대할 수 있을 것 같았다.

우르크락의 뒤로 수십의 붉은 오크가 도열했다. 뜻을 함께할 동지들인 듯싶었다.

소개가 끝나자 암흑인이 다시 앞으로 나섰다.

"이상, 스케빈져 상회의 대표 '우르크락'의 설명이었습니다. 투자하실 분이 계신다면 손을 들거나, 주어진 종이에 적어주십시오. 자동으로 계약이 발동될 것입니다."

나는 굳이 손을 들지 않았다.

대신 투박한 종이를 들었다. 종이엔 손동작을 인식하여 글이 적히는 마법이 걸려 있었다.

또한 '스케빈져'에 대한 설명들도 적혀 있었다.

10년 내에 원금 회수 보장. 붉은 오크족들의 눈을 통해 심연에서 일어나는 모든 전장의 뒤를 쫓겠다는 등의 이야기가.

'내 눈치를 보는군.'

미래 예시라는 이야기가 퍼졌다. 내가 투자하는 건 아주 높은 확률로 '값비싼 원석'임을 시사한 것이다. 물론 진짜 미래 예시가 가능할 때의 이야기지만.

전쟁이 끝나고 장비를 모으는 게 괜찮은 작업이긴 했으나 투자 대비 환수율은 별로였다. 5%의 수익금을 보장한다고 하는데, 규모가 커질수록 한계가 있는 사업이었다. 특히 투자자의 권리에 대한 설명이 애매했다.

'사는 곳은 비슷하다는 건가?'

문득 웃음이 나오려고 했다. 괴물을 인간으로 치환하면 이곳이나 지구나 사는 건 별반 다르지 않은 것 같았다. 이곳에서도 나름의 '사회'가 형성되어 있었고, 틀과 규칙이 있었다. 지독한 약육강식의 세계이나 지구라고 다르겠는가.

상회가 존재하며 이런 식으로 투자를 받기도 하다니.

과거에는 꿈도 못 꿨을 일이다. 심연의 괴물들은 그저 괴물이라고만 생각하고 있었기 때문이다.

대략 스무 명 정도의 이들이 나를 주시하고 있었다. 모두 어느 영지, 도시의 지배자들이거나 커다란 상회를 조종하는 자들이었다.

'여기서 투자받는 금액에 따라 상회나 사업장의 가치가 정해지지.'

암흑인이 나눠 준 종이에는 각종 상회나 사업장의 정보와 기대 수익 등이 적혀 있었다. 나름대로 엄선하고 엄별하여 추려냈다는 느낌은 받았다.

나는 심드렁하게 손을 놀렸다. 1,000pt. 곧이어 내가 투자한 금액과 이름이 종이 위에 떠올랐다. 내가 투자하자 다른 이들도 적당히 투자하며 지분을 챙겼다.

곧 스케빈져는 8만 포인트의 투자를 받고 막을 내렸다. 내가 참여하지 않았다면 그 반 정도로 종결이 났을 것이었다.

'투자자들을 유치해서 규모를 키우는 게 나쁜 일은 아니다.'

내가 기다리는 건 구르망디였다.

지역의 유지들에게만 판매하여 인지도를 올리려고 했지만, 이곳에서라면 그 시간을 대폭으로 단축시킬 수 있었다.

내가 가져가는 비율이 줄어들지는 몰라도, 규모를 키워서 다방면으로 판매를 시작한다면 전체적인 수익은 늘어날 것이다.

투자회는 계속됐고 나도 소소하게 투자를 계속했다.

크게 구미를 당기는 아이템이 없지만 내 움직임에 따라 투자를 하는 자들이 있었다. 내 권능의 힘을 빌려 이득을 보려는 자들.

이윽고 17번째. 슬슬 하품이 나오려는 시기에 구르망디가 모습을 드러냈다.

"다음은…… 절대지배상회의 대표, 구르망디를 소개합니다."

구르망디가 나오자 암흑인들이 짐들을 옮겼다.

화려한 보석들. 창과 칼이 X자로 각인된 각종 장신구가 가장 먼저 보였다.

그리고 그것 중 몇 개는 라이라 디아블로가 착용하고 있는 것이었다.

"절대지배상회? 괴상한 이름이로군."

"절대지배라. 이름처럼 대단하면 좋겠는데."

눈길은 확실히 끌었다. 심연 속 강자들은 귀담아들을 수밖에 없는 이름. 이걸 보고 어그로라고 하던가? 어중간한 것보다는 확실히 나았다. 자기 어필의 시대. 지구나 심연이나 어중간해선 살아남을 수 없다.

구르망디가 헛기침을 내뱉었다.

"저희 상회로 말씀드릴 것 같으면 주로 보석과 장신구와 같은 사치품을 다룹니다. 혹시 심연 아주 깊은 곳에 있는 '라이라 광산'을 아십니까? 그곳에서 채광한 보석은 다른 보석과 달리 순도가 매우 높습니다. 아름답고 광택이 나죠. 그곳에서 난 보석을 드워프 장인이 직접 세공하고, 창과 칼의 문양을 음각해 세상에 내놓습니다."

청산유수가 따로 없었다.

게다가 '라이라 광산'이라니. 피식 웃고 말았다.

목에 걸면 목걸이, 귀에 걸면 귀걸이.

그런 광산이 있을 리 없으니 저 대본은 크리퀴가 준비한 게 분명했다.

일종의 마케팅이다. 모두의 시선이 라이라에게 쏠렸다.

"라이라 광산? 그런 이름의 광산이 있던가?"

"새로 발견한 곳인가 보군. 그런데 라이라라면……."

구르망디가 고개를 끄덕였다.

"맞습니다. 그녀처럼 용맹하며 아름다운 분에게만 어울리는 보석이죠. 저희는 세세한 공정을 거치기에 많은 양을 생산하진 않습니다. 오로지 자격이 있는 분에게만 판매합니다. 창과 검은 절대적인 지배를 뜻하고, 라이라 디아블로께선 마땅히 '전장의 지배자'라 불릴 자격이 있지 않습니까? 또한 이러한 지배의 의미는 남녀 사이에서도 발생합니다. 마음에 드는 수컷을, 암컷을 가지고 싶으십니까? 저희 상회의 보석으로, 장신구로 속박하십시오!"

괜찮은 카피였다. 설마 상회의 이름을 이런 방식으로 활용할 줄이야. 상회의 이미지를 이러한 방식으로 굳히고 선전하다니.

'제법이야.'

크리퀴, 그리고 구르망디. 모두 인재였다. 그들은 라이라 디아블로, 그녀가 내게 소개해 준 자들이었다. 다른 건 몰라도 그녀의 눈은 믿어도 될 것 같았다.

어쩌면 심안을 가진 나보다도 더 잘 꿰뚫어 보는 듯싶었다.

"라이라."

내가 느지막하게 말하자, 라이라가 중심부로 도도하게 나아갔다. 그녀를 장식한 보석들은 아름다웠지만, 솔직히 말해서 라이라가 보석을 장식했다고 해도 믿을 수 있을 정도로 그녀의 모습은 아름다웠다.

TV에서 나오는 쇼핑 광고에서 외국 모델을 쓰는 것과 비슷했다. 라이라는 그보다 한참이나 급이 높았으니 모든 시선의 집중을 받는 게 당연했고.

"아름답군."

"확실히…… 그녀라면 자격이 있지."

라이라는 분위기를 압도하고 있었다.

잔잔한, 자신감이 어려 있는 미소. 오묘한 조명이 그녀를 더욱 뛰어나게 만들었다.

옆에서 지켜보던 쟈낙도 감탄했다.

"라이라에게 저런 모습이 있을 줄은 몰랐네요. 언제나 얼음처럼 차가운 표정밖에 지을 줄 몰랐는데. 특히 최근 100년간 그녀는 '사막의 여왕'으로 불리기도 했죠. 모두 로드 덕분일까요?"

"원래 성격이다."

"후후, 그런가요?"

쟈낙은 더 말을 이어 가지 않았다.

이윽고 구르망디가 한 발자국 앞으로 나아갔다.

"이걸로도 부족하십니까? 그렇다면 아예 속박할 수 있는 방법이 있습니다. '다마고치'라 불리는 보석입니다. 이 보석은 상대를 완전히 포박하여 저장할 수 있게 만들어줍니다. 그야말로 절대적인 지배 아니겠습니까?"

공간의 보석. 2천 포인트에 암흑상점에 올려놨지만 오랜 시간 팔리지 않았던 물건. 그게 다른 콘셉트로 나타났다.

곧 구르망디의 옆으로 포박된 엘프 여인 하나가 바닥에 무릎이 꿇려졌다.

"가지고 싶었지만 계속해서 도망을 가더군요. 그래서 묶어놨습니다만, 또 언제 도망칠지 모르지요. 그래서…… 아예 가둬 버리려고 합니다. 이렇게요."

구르망디가 공간의 보석을 엘프 여인의 이마에 댔다. 본래라면 약간의 조건과 상호 간의 동의가 있어야 하지만 이미 사전에 이야기가 되었는지 곧 공간의 보석 안으로 엘프 여인이 흡수되듯 들어갔다.

"이제 그녀는 온전히 저의 것이 되었습니다. 물론 다시 꺼낼 수도 있죠."

공간의 보석을 흔들고 이름을 부르자 이번엔 포박이 풀린 상태로 엘프 여인이 나타났다. 그녀는 구르망디를 껴안으며 뺨에 입술을 비볐다.

"이 외에도 저희는 다마고치와 함께 '진화하는 슬라임'을 판매하기도 합니다. 무엇으로 진화할지는 아무도 모릅니다만, 간혹 '크리스탈 슬라임'이 되기도 합니다. 크리스탈 슬라임은 예로부터 복을 불러오는 존재로 불렸지요. 다만, 거의 멸종 직전까지 몰려서 지금은 구하려고 해도 구할 수가 없습니다. 그에게, 그녀에게 저희 상회의 보석과 함께 선물한다면 얼마나 환상적일까요?"

크리스탈 슬라임의 크기는 고작 주먹 하나만 했다.

그것을 엘프에게 선물하자, 엘프가 보다 환하게 웃으며 구르망디를 끌어안았다.

한 편의 연극과도 같았다.

"저희 절대지배상회와 함께하실 분을 구하고 있습니다. 절대로 후회하지 않으실 겁니다."

크리퀴와 구르망디의 합작에 나는 내심 환호했다.

이제 내가 할 일은 정해져 있었다.

나 없이도 팔릴 만한 연극이었지만, 내가 움직임으로 인해 더욱 가속이 붙을 것이었다.

나는 종이에 적힌 설명 등을 보지도 않았다.

말이 끝나자마자 손을 움직였다.

조용히.

하지만 어느 때보다 격렬하게!

누군가가 이걸 보면 짜고 치는 고스톱이라고 말할지도 모르겠다. 하지만 나는 아무런 죄책감도 없었다. 이곳은 심연이고, 나는 저들을 증오하는 입장이었다.

물론 완전한 사기는 아니었다. 저들의 자금줄로 하여금 분명히 사업을 확장하려는 생각은 있었으므로. 저들에게도 어느 정도의 수익금은 배분해 줄 것이다.

'지분의 절반 이상은 내가 소유해야 한다는 조건이 붙지만.'

투자는 지분을 나눠야 한다. 이곳 상회의 시스템에서도 비슷한 게 있긴 하였다. 지구에서 만들어지는 계약보다 훨씬 간단했다. 현물이 아닌 포인트로 거래를 해서일까.

50.1%는 내가 소유를 하고 있어야 한다. 하지만 그러려면 상당한 출자를 해야 되는데, 당장 내 수중에 있는 포인트는 17만가량이 전부였다.

17만 포인트도 분명히 크지만, 50% 이상의 지분을 가지기엔 부족하다. 그래서 크리퀴가 '있는 포인트, 없는 포인트 다 끌어모아 보겠다'고 하였는데…….

'정말 영혼까지 끌어모았군.'

나눠 준 종이는 투자할 상회에 대한 정보를 띄워주기도 했다.

그리고 나의 대리인, 알지도 못하는 자의 이름이 이미 올라가 있었다. '올리비오'라는 이름으로 100만의 포인트가 출자된 상태였던 것이다.

크리퀴가 자신이 보유한 포인트와 이곳저곳에 손을 벌린 포인트를 합산하여 출자해 놓은 것 같았다. 하지만 저건 '가짜'다. 다시 돌려줘야 할 포인트. 지분율 방어를 위한 꼼수였다.

나는 여기에 10만 포인트를 더했다.

실시간으로 종이의 위에 투자한 자들의 이름이 올라가고 있었다.

여태껏 투자한 금액 중 압도적으로 크다. 내가 통 크게 움직이자, 나를 따라 투자하던 이들이 재빠르게 움직이기 시작했다.

"화끈한 열기로군요. 절대지배상회에 투자하고자 하는 분들이 넘쳐 나고 있습니다!"

암흑인이 자신의 일인 양 손뼉을 쳤다.

대상인들, 도시와 군단의 지배자들, 다른 데몬로드의 대리인들마저 움직이고 있었다.

종이에는 계속해서 투자하는 자들의 이름이 갱신됐다.

순식간에 그 숫자가 백을 넘겼다.


[대표 구르망디 - 지분 15%]

[올리비오 - 1,000,000pt. 지분 35.65%]

[파보롱 - 250,000pt. 지분 8.91%]

[우리엘 디아블로 - 100,000pt. 지분 3.56%]

[사우전 - 100,000pt. 지분 3.56%]

[아랑칼 - 50,000pt. 지분 1.78%]

…….

[총 투자액 - 3,300,000pt]


대부분이 1만에서 2만 수준. 그렇게 모인 포인트가 총 330만!

아슬아슬하게 지분율 50%를 사수할 수 있었다.

땀이 삐질 흘렀다. 생각 이상으로 많은 투자를 받았다.

나와 대리인 올리비오, 그리고 구르망디의 지분을 모두 합쳐서 54.21%의 지분을 보유하게 된 것이다.

구르망디는 대표로서 15%의 기본 지분을 할당받았고, 크리퀴가 조달해 온 자금이 조금만 적었어도 50%를 넘기지 못했을 것이다.

"올리비오라. 비슷한 이름은 몇 번 들어본 거 같은데."

"흠, 조사를 해봐야겠군."

100만 포인트는 대도시의 주인이 아니면 보유하지도 못할 액수다. 나조차도 크리퀴가 저만한 포인트를 어찌 모았을지 감이 잡히지 않았다.

또한, 투자가 끝났다고 끝이 아니다. 저 출자액들을 조사하려는 자들이 있어도 이상할 건 없었다. 하지만 투자를 받은 이후의 일을 크리퀴가 예측하지 못할 리도 없었다. 전혀 하자가 없게끔 준비를 끝마쳤을 것이다.

'올리비오와 내 투자금을 제외하면 대략 170만 포인트.'

상회가 활용할 수 있는 포인트의 숫자가 달라졌다. 여태껏 고작 몇만, 십만 수준으로 움직이던 것과는 분명히 다르다.

이곳에서조차도 대대적인 홍보가 되었으니 매출은 크게 뛰기 시작할 것이다. 지분율에 따라 이익을 분배하겠지만 대리인과 내가 지분을 매각하지 않는 이상 상회의 운영권은 지금까지와 다르지 않을 터였다.

'내가 따로 저 포인트를 사용할 방법은 거의 없는 것 같지만, 상관없다.'

계약서를 꼼꼼히 뒤졌지만, 현물과 달리 투자된 포인트로는 사기를 칠 수가 없었다. 상회의 이름으로 사업에 필요한 물건을 구매할 순 있으나 내 마음대로 유용하여 사용하진 못한다는 뜻이다.

내가 주먹구구로 구르망디에게 10만 포인트를 강탈한 것처럼 할 수 없게끔 계약서에 관련된 조항이 새겨져 있었다.

지배자의 권능으로 들어가는 포인트는 어디까지나 내가 직접 얻은 것에 한했으니.

다만, 사업에 필요한 물건을 사들이며 약간의 꼼수 정도는 부려볼 만했다.

크게 상관은 없었다. 어차피 저 포인트로 사업을 확장하면 그 이상의 비용을 획득할 수 있을 터. 황금 알을 낳는 거위의 배를 가를 필요는 없었다.

암흑인들 사이에 있던 크리퀴와 내 눈이 마주쳤다.

'고생했다'는 의미로 눈빛을 던지자, 생각 이상의 수확이었다는 듯 크리퀴가 웃어 보였다.

끝나고 비밀리에 만나서 나머지 이야기를 들어보고 싶었다.

저 투자금을 이용해 이곳에서 한 허풍을 진실로 만들어야 한다. 광산을 사들여서 라이라라는 이름을 붙이고, 100만 포인트를 갚는 과정에서 비어버린 액수를 어떻게 충당할지 등등.

여러모로 해야 할 일이 많았다.

'서프라이즈가 따로 없군.'

이 또한 크리퀴의 선물이었다.

물론 라이라와 내가 없었다면 이처럼 선풍적으로 투자자들을 유치하진 못했을 것이다. 하지만 크리퀴가 바라는 건 '나의 확실한 원조'이고, 거기엔 '나의 이름' 역시도 포함되어 있었다.

암흑인이 포인트로 움직인다지만 그건 지극히 1차원적인 이야기다.

크리퀴가 더욱 위로 올라가려거든 그만큼 든든한 배후자가 필요하다. 후에 데몬로드인 내 이름을 빌리는 것만으로도 큰 힘이 될 것이었다.

암흑인들은 각자 욕망을 가지고 있고, 서로 방해도 자연스럽게 한다. 아무것도 없던 놈이 위로 올라간다면 주변에선 당연히 아니꼽게 볼 터. 내 이름을 뒤에 업으면 크리퀴의 영향력도 강해진다.

그러나 내 기반이 약하다는 걸 크리퀴는 알고 있었다.

그래서 필사적으로 나의 기반을 만들려고 하는 중이었다.

'내가 크리퀴라는 선을 잡았듯, 크리퀴도 나라는 선을 잡았다.'

가장 말단에서 준남작이 되었다지만 크리퀴는 욕심이 많은 놈이었다. 하지만 욕망에 충실한 만큼 믿어볼 만했다. 지배자의 권능으로 뒤통수를 얻어맞을 걱정도 없었다.

그야말로 완벽한 윈-윈의 구조다.

내가 해야 할 일은 빠르게 기반을 다지고 다른 데몬로드를 꺾는 것. 가장 먼저 카르페디엠과의 전쟁에서 승리한다면 그 즉시 이름을 날리기 시작할 수 있을 터였다.

이윽고 투자회가 끝났다.

21개의 신상 상회 중 당연히 '절대지배'상회만큼 이목을 끌어모은 곳은 없었다.

"그럼 다음으로, '비밀 경매'를 시작하겠습니다. 연회의 마지막 축제인 만큼 보다 많은 분이 즐겨주시길 진정으로 바라고 있습니다."

암흑인의 말이 끝남과 동시에 다른 암흑인들이 짐을 옮겨 주욱 늘어놓기 시작했다. 철창에 갇힌 희귀한 괴물이나 노예들도 있었다. 대부분이 '날것' 그대로인 모습.

"주어진 종이를 사용하여 모든 경매 물품에 대하여 값어치를 매길 수 있습니다. 다만 정확한 액수와 구매자의 이름은 가려집니다. 최종적으로 가장 많은 액수를 기입하신 분에게 물품이 낙찰되는 방식입니다. 참 쉽죠?"

비밀 경매인 만큼 모든 게 비밀에 부쳐졌다. 그만큼 은밀한 물건과 노예들이 많았다. 예컨대 출처가 불분명한, 혹은 위험한 물품들. 저주가 걸렸다거나 반쪽짜리라거나. 하여간 정상적인 물건은 거의 없다고 보면 됐다.

투자회에서 지분을 지키고자 10만 포인트를 사용했으니, 실질적으로 내가 사용할 수 있는 액수는 7만 정도가 전부인 상황.

'비밀 경매엔 의외의 진주가 많이 나온다고 하였지.'

출처가 불분명한 것들뿐이라 크리퀴도 모든 물품을 자세

히 알지는 못한다고 했다. 대신 '진주'라 할 수 있는 물품 몇 개를 추천해 줬는데, 어차피 나에겐 다른 이들에게는 없는 '심안'이 있었다.

물품을 늘어놨다면 굳이 추천을 받을 필요가 없다.

내가 직접 보고 판단하여 고르면 그만인 일.

나는 심안을 활짝 연 채로 200여 개의 물품을 전부 훑었다.

'알파쿠스의 머리.'

주술적인 재료로 최상급의 취급을 받는 것이었다. 거대한 염소 모양을 한 짐승의 머리인데, 그대로 박제가 되어 있었다.

하지만 나는 아직 주술과 인연이 없었다.

'빌 볼름의 힘줄, 요정기사의 날개, 쌍각뇌. 다 장물이로군.'

대부분의 물건이 장물이었다. 원래 주인이 있었지만 누군가가 훔쳐서 장물로 내다 파는 것이다. 잘못 고르면 그대로 원주인의 추격을 받을 수도 있었다.

'쌍룡검.'

검 한 자루가 덩그러니 놓여 있는 곳을 보곤 잠시 움직이던 시선이 머물렀다.

심안으로 살핀 결과 꽤 쓸모가 있었기 때문이다.

### 〈쌍룡검(value-100,000)〉

● 힘+5

● 강한 독의 기운이 서려 있는 검

●● 성체의 쌍두룡이 봉인되어 있다.

『성장을 완료한 쌍두룡을 봉인하고자 드워프들이 고심하여 만든 검.』

『본래는 로드 '아오닉 아브라함'의 창고에 있었으나 도둑왕 '신 다르'가 훔쳤다.』

심안으로 살피면 검의 역사에 대해서도 알 수 있었다. 힘을 5나 올려주고 성장을 완료한 쌍두룡을 부릴 수 있다면 분명히 쓸 만한 검이었다.

하지만 마지막, 로드 '아오닉 아브라함'이라면 분명히 데몬로드의 이름이었다.

'신 다르가 데몬로드의 창고를 털었다, 라.'

한마디로 말하자면 그랬다. 그리고 그런 물건이 지천에 널려 있었다.

신 다르라는 놈이 데몬로드의 창고를 털고, 이곳에 장물로 내놓은 것이다.

'간이 큰 녀석이군.'

아무리 데몬로드라고 할지라도 모든 부분에 있어서 안전하진 않은 모양이었다. 200개의 물건 중 30개 정도는 모두 '신 다르'라는 놈이 훔친 물건이었다.

하! 기가 찼다. 저 물건을 구매하는 순간 데몬로드 '아오닉 아브라함'의 추격을 받을 수도 있는 것이다. 그래서 신중하게 구매를 해야 하는 거고.

나는 혀를 차며 다음 물품들을 살폈다.

### 〈의뭉스러운 천(value-???)〉

-알 수 없는 힘이 깃든 천 조각

『본래는 로드 '아오닉 아브라함'의 창고에 있었으나 도둑왕 '신 다르'가 훔쳤다.』

이 물건 역시 마찬가지였다.

장물 따위를 구매해 봐야 뒤만 구린 법.

그래서 별 느낌 없이 고개를 돌리려고 할 그때였다.

[심안의 기능으로 숨겨진 능력이 드러납니다.]

'음?'

갑작스러운 글귀.

동시에 나타난 천 조각의 또 다른 이름.

### 〈게 아살의 창 조각(value-???)〉

-신 '루'가 사용했다고 전해지는 창의 조각.

-조각은 모두 여덟 개로 나누어졌고, 하나로 합쳐지면 온전한 '게 아살'을 얻을 수 있다고 전해진다.

-전승에 따르면 여덟 개의 조각은 전 차원에 나뉘어 흩어져 있다고 한다.

-창 조각의 숨겨진 힘을 깨달은 자가 소유하면 조각 하나당 모든 능력치가 1 상승한다.


몸이 떨리려는 걸 억지로 멈춘다.

무기의 부품으로는 보이지 않았다. 천 속에 창 조각의 기운이 깃든 것인지는 모르겠지만, 내가 알기로 '게 아살'의 이름을 가지고 있는 창은 하나뿐이었다.

'신의 창!'

신 루가 사용하는 창이라는 설이 많다. 실제로 수많은 장비 중에는 이처럼 신의 이름을 가지고 있는 것들이 있었다. 그리고 그 장비들의 위력은 상상을 초월했다.

루의 이름을 빌린 창이라면 위력은 안 봐도 비디오였다. 하지만 전 차원에 8개의 조각으로 나뉘어 있다는 게 문제였다. 사실상은 모으기가 불가능하다는 것이다.

하지만 조각을 소유하고 있는 것만으로도 '모든 능력치+1'의 혜택이 있었다. 결코 나쁘다고 할 수는 없다.

'단지 소유하는 것만으로도 능력치가 상승한다.'

오히려 굉장히 좋다.

나는 떨리는 마음으로 나머지 것들을 살펴보았다.

숨겨진 물건은 그 하나뿐이 아니었다.

### 〈크투가의 힘이 담긴 돌(value-???)〉

-살아 있는 불, 화염의 왕, 크투가의 힘이 담겨 있는 돌.

-현자들 사이에선 크투가의 불이 '진화의 불'이라고 불리기도 한다.

『크투가가 자신의 아바타르들에게 나눠준 힘의 조각. 그들은 이 힘으로 말미암아 '원천의 불'을 품게 되었다.』

이 역시 도둑왕 '신 다르'가 훔친 물건이었다. 일견 평범한 돌이었으나, 심안의 기능이 발휘되며 숨겨진 힘이 드러난 경우였다.

살아 있는 불, 화염의 왕, 크투가.

그중 '진화'라는 단어가 나를 사로잡았다.

하지만 이 물건도 데몬로드 '아오닉 아브라함'의 것이었다.

우연치곤 공교롭다.

'아오닉 아브라함. 그가 이러한 물건들을 모으고 있었군.'

그리 보는 게 타당했다.

하지만 이 두 가지는 너무나도 탐났다.

내가 낙찰을 받더라도 그 사실이 알려지면 아오닉 아브라함이 가만두지 않을 것이다.

'말인즉, 알려지만 않으면 된다는 소리.'

걸리지만 않으면 그만이었다.

어차피 내가 아니면 그 진가를 못 알아볼 물건들. 아무리 값진 보석이라도 진가를 알아보는 사람이 있어야 빛을 발하는 법이다.

나는 꿰뚫어 보는 자, 심안의 소유자였으므로!

작게 미소를 지었다.

왜 비밀로 경매를 진행하겠는가. 암흑인은 벌써 10여 차례나 이곳에서 연회가 열렸다고 말했다. 그동안 잡음이 많았다면 진즉에 이 모임은 폐쇄되었을 터였다.

물론 이만한 장물들이 한 번에 흘러들어 왔으니 위험성이 없진 않다. 아오닉 아브라함이 이런 '봉인된' 물건들만 모으고 있었다면 필사적으로 찾아 나설 것이었기에.

하지만 내겐 내부자 크리퀴가 있었다. 나라고 특정 짓지 않는 이상, 아니면 다른 자에게 뒤집어씌우면 그만인 일.

무엇보다 이것들은 겉으로 티가 나는 형태의 물건이 아니었다.

'각각 오천 포인트면 안전할 터.'

노리는 자가 없지만, 혹시 모를 일이다. 오천 포인트로 '게 아살의 창 조각'과 '크투가의 힘이 담긴 돌'을 각각 입찰했다.

그와 동시에 주변에서 소란이 커졌다.

"통곡의 검?"

"뭐야, 주인을 고르는 마검?"

떠들썩했다. 내가 고른 물건은 심안과 같은 수준의 관찰계열 스킬을 가지지 않는 이상 살피는 게 불가하니 인기가 없었지만, 유독 주목을 받는 물품이 몇 개 있었던 탓이다.

그중 하나. 마검의 앞에 수십 명의 괴물이 모였다.

마치 블랙홀처럼 검은색의 문양이 검신에서 실시간으로 소용돌이치고 있었다. 검은 손을 댄 자들의 손가락에 자잘한 상처 등을 내었다.

척 보기에도 기품이 넘치는 검이다. 손잡이는 보석으로 아름답게 세공되어 있었고, 검신의 마력이 소용돌이치는 모습은 가히 환상적이었다.

하물며 주인을 가리듯 손을 가져간 이들 모두에게 상처를 냈다.

"제대로 관찰이 되지 않는군."

"그만큼 급이 다르다는 건가?"

관찰계열 마법을 가진 괴물들, 혹은 그런 마법이 담긴 스크롤을 사용하는 괴물도 있었지만 검에 대한 정확한 파악이 불가했다.

설령 가능하더라도 '심안'만큼의 세세한 구분은 불가능할 것이었다. 기껏 해야 이름을 알아보는 정도.

그럴 수밖에 없었다.

저 검의 주재료는 '이그닐과 이타콰의 알'이었으므로.

'마력의 장벽을 만들어 탐색 자체가 불가능하게 만들지.'

데몬로드들이 참가했던 경매. 그곳에서조차 이그닐과 이타콰를 알아본 자가 나밖에 없었다.

이는 이그닐이 가진 '마력 흡수' 체질 때문이었는데, 그 알을 주재료로 사용했으니 검의 내부 특성 등을 알아볼 수 있는 자들도 없을 터였다.

그러한 착각은 검의 품격 자체를 높여줬다. 오묘한 문양과 아름다운 외관. 하지만 왜인지 '낡아' 보이는 인상을 줌으로써 오래된 명검처럼 다가가게 만들었다.

검에 손을 대면 상처가 나는 건 세공사에게 부탁하여 전류가 흐르게 만들었기 때문이다. 일정 이상의 지능, 혹은 마법 방어 능력을 지니지 못하면 꽤 높은 수치의 전류가 강타하도록 말이다.

### <통곡의 검(value-50,000)>

● 마력+1

● '통곡의 전류' 마법이 새겨져 있다.

● 특수한 재료로 만들어져 있어서 내부를 살피는 게 불가하다.(탐색
마법 무효화)

『특수한 용의 알을 주재료로 만들어진 검.』

권능이라 칭해도 부족함이 없는 '심안'만이 파악 가능한
정보였다. 다른 마법으로는 고작 이름이나 알아내면 다행이
었다.

탐색마법을 무효화시킨다는 점에서 나름 쓸모가 있었지
만, 내겐 그다지 필요가 없었다.

'꽤 괜찮은 가격에 팔리겠군.'

눈치 싸움이 시작됐다.

내가 경매에 내놓은 통곡의 검을 구매하고자.

입찰자가 누구이고 얼마를 베팅했는지, 그 모든 게 '비밀'
인 만큼 통 크게 부르려는 자들도 없진 않을 것이었다.

그리고 저 검의 판매액은 온전히 '나의 것'이 된다. 투자회
에서 투자를 받은 건 '절대지배'상회의 돈이지만 내가 팔아서
직접 번 돈은 내 마음대로 유용할 수 있다는 뜻이다. 요컨대
지배자의 권능을 사용할 때 등등.

더불어 지구의 나와 연동되며 더욱 많은 걸 노릴 수 있
을 터.

무엇보다 검의 주변에 모인 이들 중 몇 명은 '바람잡이'였다.

일부러 소란을 만들고 검의 가격을 띄우기 위한 작업!

'포인트로 할 수 있는 건 많다.'

포인트를 사용할 수 있는 공간들이 있다. 암흑상인을 만나는 것 외에도 '주황색의 문' 중에 포인트로 무언가를 할 수 있는 장소가 몇 곳 있었다. 주황색은 특별한 장소와 이어지는 문인데 일전 '오딘의 창고'가 그러했다.

대표적으로 스킬의 수련장, 혹은 특별한 시련들이 있는 곳. 투입한 포인트에 따라서, 들이는 노력에 따라서 강해질 기회를 마련해 줬다.

나도 한 차례 이용해 본 기억이 있었다.

'중세시대 같은 곳으로 떨어졌었지.'

기사가 되어 전쟁에서 승리하라는 시련을 받았다. 가상의 공간인 듯했지만 현실감이 넘쳤다. 실제로 그곳에서 입은 상처는 고스란히 현실에서도 쑤셔왔으니까.

성공하여 얻은 보상은 들인 포인트의 곱절이나 됐다. 한번 시련을 행하자 문이 사라져서 다시 도전할 기회를 잃었지만, 무작위로 생겨나는 장소이니만큼 언제든 도전할 수 있도록 포인트를 모아놔서 나쁠 건 없었다.

"로드 우리엘 디아블로. 본의 아니게 선물은 제가 얻고 말았네요. 그러니 한 가지 좋은 정보를 드릴게요."

경매가 마무리되어 갈 때 즈음이었다. 쟈낙이 불현듯 내게 말을 걸어왔다.

본의 아닌 선물. 내가 건 쪽으로 포인트를 걸며, 쟈낙도 쏠쏠하게 재미를 봤으니 그것을 선물로 표현한 것이다.

슬쩍 고개를 돌리자 쟈낙이 작게 말했다.

"카르페디엠이 땅을 파고 있다고 하더군요."

"땅을 판다?"

"정보를 통제하고 있어서 아는 이는 몇 없지만, '망령대왕의 묘'를 발견했다는 이야기가 있어요. 암흑룡으로 그 마력을 추적하고 있다고……."

일전의 경매에서 카르페디엠은 암흑룡의 알을 샀다. 그저 으스대기 위한 용도가 아니었단 말인가?

암흑룡으로만 탐지가 가능하다면 아마도 '어둠의 정령'과 관계가 있을 가능성이 높았다. 암흑룡만큼 어둠의 정령을 끌어모으는 존재도 없기 때문이다.

'단순한 머저리는 아니었군.'

망령대왕의 묘라.

암흑룡까지 구매해 가며 찾으려는 것이다. 결코 단순한 장소일 리 없었다.

"위치는?"

"지도로 '정성껏' 그려서 보내 드릴게요. 후후."

정성을 강조하며 쟈낙이 윙크를 날렸다. 그 옆에서 라이라

꿰뚫어 보는 자 197

가 매우 심기 불편한 표정으로 그녀를 노려보고 있었지만,
나는 그저 가만히 턱을 쓸어 보일 따름이었다.

카르페디엠. 녀석이 얻을 걸 내가 강탈해도 나쁠 건 없었
다. 어차피 더 나빠질 게 없을 만큼 우리는 사이가 좋지 않았
으니.

강탈.

무척이나 기분 좋은 단어였다.

경매가 끝난 뒤 나는 뒤도 안 돌아보고 푸른 산호섬을 벗
어났다.

게이트를 넘어 성에 도착하자, 이미 경매에서 낙찰된 물건
과 판매금액이 들어와 있었다.

'게 아살의 창 조각, 크투가의 힘이 담긴 돌.'

작게 미소를 지었다. 각각 오천 포인트, 도합 1만 포인트
로 그 가치를 훨씬 초월하는 물건을 얻을 수 있었다.

특히 게 아살의 창 조각. 비록 장물이라지만, 그저 소유하
고 있는 것만으로도 모든 능력치를 1 올려주는 데다 신의
창, '게 아살'의 여덟 조각 중 하나였다.

여덟 개를 모을 수만 있다면…….

'신의 이름을 계승했으니 결코 평범하진 않을 것이다.'

신 루의 창이라 불리는 무기다. 내가 경험한 어떠한 장비보다 강력할 것임이 분명했다.

여덟 개의 조각이 모든 차원에 나뉘어 있다는 점이 걸렸지만, 나는 강렬한 운명의 끌어당김을 느끼고 있었다.

모든 차원을 경험을 수 있는 존재가 나 외에 달리 있겠는가. 움직일 수 있는 폭 자체는 암흑인보다도 내가 더 넓었다.

'크투가의 힘. 진화의 불.'

약간 애매한 건 이 돌이다. 크투가의 힘이 담겼다고는 하지만 정확한 쓰임새에 대해 알 수가 없었다.

다만, '진화'라는 단어가 무척이나 걸린다.

나 역시 진화의 힘을 갖고 있었다. 내가 지배한 대상은 성장 한계에 도달했을 때, 그다음 단계로 넘어가곤 했다.

슬라임이나 이그닐을 통해 여러 가지 실험을 해봤지만 별 반응은 없었다.

'일단 암흑문을 통해서 지구로 보내야겠군.'

행동반경은 데몬로드일 때보다 오히려 본신인 오한성일 때가 더 넓었다.

모든 차원으로 퍼진 게 아살의 창 조각을 찾는 것이나, 크투가의 힘이 담긴 돌의 쓰임새를 알아보려거든 본신으로 나서는 게 더욱 시간을 단축할 수 있을 것이었다.

나만이 알아볼 수 있을 정도로 정밀하게 봉인되어 있었으니 이 역시 평범한 물건은 아닐 터.

이어 허공이 십자 인을 그렸다. 그와 동시에.


[ '통곡의 검'의 판매 대금 115,200pt를 획득했습니다.]
[현재 184,450pt를 보유하고 있습니다.]


115,200포인트!

이는 경매 자체의 이율 20%와 검을 만들고 마법을 새기는 데 들인 10%를 제외한 금액이었다. 본래는 16만에 팔렸다는 말이다.

정상적인 암흑상회에서 판매했으면 10%의 경매 수수료만 떼어 갔겠지만 '비공식 경매'이니 더 높은 금액을 받아 가는 셈이었다.

하지만 정상적인 경매로 '통곡의 검'을 팔았다면 이처럼 높은 가격을 받진 못했을 것이다. 판매자가 '나'인 것 또한 알려지면서 괜한 경계심만 살 수도 있었다.

나머지 10%는 검을 만드는 데 들어간 금액이었다. 드워프와 마법을 새기는 세공사에게 각각 5%씩 지불하기로 계약이 되어 있었는데, 판매 대금이 들어오자 자동으로 처리가 되었다.

그럼에도 2배 이상.

본래의 가치가 5만인 걸 감안하면 엄청난 이득이다.

'18만 포인트라.'

내 개인이 마음대로 사용할 수 있는 액수였다. 18만 포인트라니. 과거의 내가 1년 이상은 한 푼도 안 쓰고 빡세게 굴러야 겨우 모을 수 있을까 싶은 정도의 수치였다.

심연의 괴물들과 인간의 차이일지. '위대한 별'이 나타나고 심연의 생활양식도 달라졌다고 했다. 포인트의 개념이 활성화되고 그것으로 거래를 하며 벌써 100년의 시간을 보낸 것이다. 당연히 보유할 수 있는 전체적인 포인트의 규모에서부터 차이가 날 수밖에 없었다.

'편지가 있군.'

검과 창이 X로 갈린 모습. 상회의 마크가 새겨진 검은색 편지지 한 장이 물건들 위에 자리 잡고 있었다. 보나 마나 크리퀴의 것이었다.

편지지를 꺼내 안의 내용을 읽어보았다.


「크리퀴입니다. 예상하시겠지만 '올리비오'라는 이름의 투자자는 제가 만든 허상의 존재입니다. 100만 포인트는 암흑상회에서 빌린 것이나 일종의 '어음'이라 사용이 불가능할 겁니다. 아, 그리고.」

불법적인 이야기를 덤덤하게 늘어놨다. 하지만 이번 일을 계획하기 위해 크리퀴도 나름의 위험을 감수한 것 같았다.

계속해서 읽었다.

「제가 연락하기 전까진 따로 저와 접촉하려 하지 마십시오. 암흑상회에서도 저에 대한 조사가 시작될 가능성이 높습니다. 물론 형식적인 절차이니만큼 적당히 넘기면 되긴 합니다만, 만에 하나라는 게 있지 않습니까? 그리고 투자금의 사용을 위한 지침을 몇 가지 보내드리오니 이것도 한번 봐주시면 감사하겠습니다.」

편지지 안에 몇 장의 종이가 더 들어 있었다.

광산의 구매, 자잘한 사업 계획 같은 게 적혀 있었다.

하긴, 크리퀴가 모든 걸 다 하기에는 준비 시간이 너무 짧았다. 그사이에 이만큼이나 준비한 것 자체가 대단한 일이었다.

'상회 정보.'

십자 인을 허공에 두 번 내리긋자 또 다른 정보들이 떠올랐다.

[ '대표 자격' 으로 상회의 정보를 확인합니다.]

[절대지배상회]

[상회 가치: 3,300,000pt]

[일별 매출 평균: 1,260pt]

[상회 유보금: 1,660,000pt. 1,000,000pt(사용 불가)]

-상회 가치에 비해 매출이 매우 낮습니다.

-유보금 중 100만 포인트가 '사용 불가' 상태로 잡혀 있습니다.


 정식적인 대표는 구르망디였지만, 구르망디가 내게 양도한 권한이 몇 개 있었다. 정보의 확인과 투자금의 사용이 그러한 것들이었다. 사실상 가장 중요한 권한은 여전히 내가 쥐고 있다고 보는 게 맞았다.

 '가장 먼저 해야 할 일은 지부를 세우는 것.'

 상회의 기초가 되는 지부가 필요했다. 아무런 기반도 없이 물건을 만들고 판매할 순 없는 노릇 아니겠는가.

 '내 영지에 세워야겠군.'

 내가 서 있는 바로 이곳에 말이다.

 지부를 세움과 동시에 영지의 방어를 꾀한다. 일석이조였다.

 그리고 말이 지부지 성의 벽을, 탑을 쌓는 것과 다름이 없었다.

 이게 바로 투자의 '꼼수'였다.

 애당초 라이라가 얼굴마담으로 나선 마당이다. 속이 보이긴 하지만 데몬로드의 비호를 받는다는 의식을 줄 수도 있었다.

물론 지부를 위해 고용한 일꾼들은 강력한 괴물로 대체될 것이고, 보석 대신 무기가 넘쳐 날 것이었다.

자고로 남이 끓여주는 라면이 제일 맛있는 법.

내 돈이 아닌 남의 돈으로 그 모든 것을 행하리라!

'나쁘지 않다.'

오히려 상상만으로도 즐거운 일이었다.

# 18장
## 월천(月天), 그리고 태을무극심법(太乙武極心法)

구화랑을 비롯한 야차들은 오늘도 쉴 새 없이 슬라임을 채집하고 있었다.

"백원후가 된 기분이군요."

"구화랑 대주님, 언제까지 이 슬라임인지 하는 걸 잡아야 하는 겁니까?"

야차들이 하나둘 불만을 토로하기 시작했다.

벌써 나흘째. 일어나면 슬라임을 사냥하러 나가고, 돌아오면 라이라와 비무를 한 뒤 다시 슬라임 사냥을 나간다. 할당량을 못 채우면 잠도 재워주지 않았다.

"그가 우리를 시험하는 게 분명하다. 불만 말고 열심히 하도록."

구화랑은 묵묵히 바닥에 기어 다니는 슬라임을 주워서 등에 찬 통 속에 넣었다.

상식적으로 생각하면 고작 슬라임 따위나 잡기엔 야차들이 너무 아깝다. 로드 우리엘 디아블로, 그가 자신들을 시험하고 있는 게 분명했다.

하지만 야차들의 불만의 강도가 높아지고 있었다.

불안한 게다. 그들은 전사고 채집가가 아니었다. 하물며 나찰각으로 다시 돌아갈 수 있을지, 아니면 그곳은 안전한지 등이 궁금해서 잠도 제대로 못 자고 있었다.

구화랑, 그라고 다르겠는가.

'화린이 녀석, 울고 있진 않겠지?'

문득 생각했다가 고개를 젓고 말았다. 눈에 넣어도 안 아플 여동생이지만 어지간한 남자보다 기가 강했다. 어렸을 땐 안 그랬는데, 크면서 자연스럽게 그런 성격이 되었다.

오룡 중 하나, 적룡으로 선택을 받고서도 기쁜 내색을 하지 않았다. 당연하다는 듯이 콧대를 높이며 자연스럽게 행동했다. 하지만 창고 뒤에서 실실 웃는 모습을 구화랑은 봤다.

초상화를 발로 뻥뻥 찼다고는 해도 뒤에선 분명히 울고 있을 것이었다. 그 모습을 생각하니 마음이 아팠다.

'그러고 보니…….'

여동생 구화린을 떠올리던 도중 구화랑은 중요한 걸 기억해 냈다.

'곧 녀석 생일인데. 준비해 놓은 걸 못 줬네.'

야차도 생일은 챙긴다. 특히 구화랑은 구화린을 끔찍하게 여겼다. 이번 생일은 구화린이 오룡에 들어간 기념으로, 성흔 쟁탈전의 승리를 기원하며 성대하게 챙겨주려고 했다.

선물도 미리 준비해 놓았건만 전해 주질 못하였다.

구화랑은 머리를 긁적였다.

'혹시 그라면 전해 줄 수 있을까.'

그, 우리엘 디아블로.

분명히 나찰각을 엿볼 수 있다고 스스로 입에 담았다.

어쩌면 그 이상의 개입도 가능할지 모른다.

잠시 고민하던 구화랑이 고개를 주억거렸다.

어차피 밑져야 본전. 한번 말이나 해보자고.


"선물을 전해달라?"

늦은 저녁 찾아온 구화랑이 나를 향해 말했다.

구화린에게 줘야 할 선물을 내가 건네줄 수 있느냐고 말이다.

"사념 같은 걸 보내서 선물이 있는 위치라도 알려주시면 안 되겠습니까? 이번 선물은 화린이에게도 무척이나 중요한 것이라서……."

"보는 것과 무언가를 전하는 건 별개의 일이다."

"역시 힘들겠죠?"

구화랑이 아쉽다는 듯 작게 한숨을 내쉬었다.

물론 내가 마음만 먹는다면 선물을 전하는 것 자체는 어렵지 않았다.

하지만 한 번이 어렵지 두 번부턴 쉬운 법이다. 부탁을 들어주기 시작하면 끝이 없으리란 걸 알고 사전에 차단한 것이다.

궁금증은 있었다. 선물을 전해 주지 못한 정도로 저렇게 아쉬워하는 걸까?

"천년독각사의 내단이랑 현철(玄鐵)만 날아가게 생겼네. 아휴, 아까워라."

눈이 부릅떠지려는 걸 겨우 참았다.

천년독각사!

말 그대로 천 년 묵은 독각사다. 커다란 독을 품은 뱀인데 천 년을 묵으면 영물(靈物)이 된다. 세계가 요지경이 되며 이와 같은 영물들이 간혹 발견되는 사례가 있었다. 그리고 놈의 내단은 영약 중에서도 상급으로 취급받았다.

그로도 모자라 현철이라니!

현철. 수많은 철 중에서도 감히 왕으로 군림하는 녀석이다. 우주에서 떨어졌다는 설이 가장 유력하며, 성분 중에는 지구에서 발견이 불가능한 물질들도 포함되어 있었다.

하지만 단단함과 무거움으로는 최강이었다. 구할 수만 있다면 억만금을 줘서라도 구해야 할 종류의 철이지만, 굉장히 희소한 탓에 주먹만 한 크기도 거의 없었다.

'그런 걸 선물로 준다고?'

구화랑의 동생 사랑이 얼마나 지극한지 알 수 있는 대목이었다.

수많은 야차가 있었지만 현철로 만들어진 무기는 본 적이 없었다.

대아귀가 침공했을 때, 몇몇 나찰이 현철이 섞인 무기를 사용하는 것 같긴 했지만 일반 야차 중에선 없다고 봐도 무방했다.

나는 전혀 사심 없는 눈빛으로 구화랑을 바라봤다.

"꼭 전해 줘야만 하는 건가?"

"혹시 전해 주실 수 있는 겁니까?"

"경우에 따라서 내가 '조금 더' 노력해 볼 순 있겠지."

특정 단어를 강조하며 말하자 구화랑의 표정이 절박하게 바뀌었다.

"화린이 녀석이 다른 오룡들보다 조금 실력이 떨어집니다. 하지만 천년독각사의 내단과 현철로 만든 무기이면 충분히 따라잡을 수 있겠지요. 아, 오룡이 무엇이냐면……."

"대충은 알고 있으니 되었다."

말이 길어지려는 걸 끊었다.

적룡 구화린. 다른 오룡에 비해선 확실히 실력이 떨어졌다.

그래서 구화랑이 생각한 게 영약과 장비로 그 차이를 극복하자는 것이었다. 하나 전해 주지 못한 채 대아귀에게 먹혔고, 지금은 심연 아주 깊숙한 곳에 자리하는 중이었으니, 어쩔 수 없이 내가 전해 주지 않으면 그 중한 것들은 천년이고 만년이고 썩어갈 터였다.

'그렇게 둘 순 없지.'

보물이 주인을 만나지 못해 썩어가는 건 나도 바라지 않았다.

분명히 아주 오랜 시간 준비한 선물일 것이었다. 동생이 없어서 공감은 못 하지만 누군가에게 준 선물이 전달되지 못했을 때의 슬픔은 알고 있었다.

나는 잠시 고민하는 척을 하며, 천천히 입을 열었다.

"그토록 중요하다면 내가 수를 내어보마. 대신."

"무엇이든 시켜주십시오. 백원후보다 열심히 하겠습니다."

백원후. 야차와 나찰들의 뒷바라지를 하던 새하얀 원숭이들.

나는 내심 미소 지었다.

그 선물이란 거, 전해 주긴 할 거다.

온전하게 전부 전달해 준다는 보장은 못 하지만.

이어서 품에서 지도 한 장을 꺼냈다.

"이 지도에 표시된 곳을 정찰해 오라. 이곳은 데몬로드 중 하나인 '카르페디엠'이 있는 장소이니 조심, 또 조심해야 할 것이다."

"정찰입니까? 자신 있는 분야로군요."

다가온 구화랑이 지도를 살폈다.

바로 쟈낙이 전해 준 '망령대왕의 묘'가 있는 장소를 표시한 지도였다. 카르페디엠이 흑염룡을 이용해서 그곳을 뒤질 정도면, 수월하게 얻게 둬서는 안 된다.

방해 내지는 강탈한다. 그러기 위해선 정찰이 먼저였다.

대충 지도를 살핀 구화랑이 그것을 집어넣고는 계속해서 말했다.

"선물은 나찰각 화련대 숙소 지하에 있습니다. 정확한 위치는……."

구화랑의 설명이 시작됐고, 나는 아주 느긋하게 귀를 열었다.

동시에 어떻게 하면 '나찰각 화련대 숙소'란 장소에 조용히 잠입할 수 있을지에 대하여 머릿속으로 노선을 그리기 시작했다.

결정을 내린 직후부터 내 영지에 지부를 세우는 작업이 진행됐다.

드워프들을 고용하고, 숲을 베어 꽤 넓은 장소에 절대지배 상회의 지부를 세울 작정이었다.

마침 우리엘 디아블로를 표현한 석상도 완성되어 일의 진척이 더욱 빠르게 될 것 같았다.

좋은 소식은 그것만이 아니었다.

"로드시여, 상회의 매출이 급증하기 시작했다고 합니다."

라이라가 기쁜 얼굴로 다가와선 내게 말했다.

푸른 산호섬을 벗어난 즉시 크리퀴와 협약하여 보석류, 장신구류의 물건들을 상회의 이름을 달고 팔기 시작했는데 고작 하루 만에 변화가 찾아온 것이다.

'이제 시작이다.'

일일 매출 1,260pt.

그런데 불과 하루 만에 다섯 배가 뛰었다. 육천을 넘는 포인트가 매출로 잡혀 있었다.

하지만 여기서 만족해선 안 된다. 상승하는 폭은 한동안 계속해서 늘어날 것이었다. 다섯 배가 아니라 열 배, 백 배가 될 수 있도록 만들어야 했다.

그럴수록 내게 남는 것 역시 커질 터.

"물건이 부족하겠군요."

"매출 현황을 보고 조금씩 늘리도록. 부족하지도, 넘치지도 않게 조정해야 한다."

"예."

지금은 브랜드 파워를 키울 때였다.

너무 싸다는 인식을 줘서도 안 된다. 물량이 한꺼번에 풀리면 가격도 낮아지게 되어 있었다.

가뜩이나 보석이나 장신구류는 적이 너무 많았다. 눈에 크게 띄지 않는 선에서 조금씩 시장을 잠식하며 독점할 수 있도록 유도해야 함이었다.

그러니 처음 상회를 열었을 때와 똑같은 전략으로 간다. 그나마 '공간의 보석'이란 우리 상회만의 장점이 있으니 나름의 경쟁력도 챙긴 셈이다.

"로드시여."

"또 다른 이야기가 있나?"

"고마워요."

뜬금없는 고백.

생각지도 못한 대답이었다.

라이라는 잔잔한 미소를 머금고 있었다. 적어도 다른 이들을 대할 땐 절대로 보이지 않는 모습. 약간의 죄악감마저 느

꺼지는 미소였다.

"무엇이?"

"돌아와 주셔서, 제 말을 들어주셔서, 제 옆에 있어주셔서⋯⋯."

바늘에 찔린 듯 뜨끔했다.

엄밀히 말하자면 라이라가 바란 그 대상이 돌아온 건 아니다.

나는 우리엘 디아블로 본인이 아니었으므로.

동시에 라이라 디아블로의 '특이 사항'을 떠올렸다.


-피와 살육을 좋아하지만 오로지 한 사람을 위해 모든 걸 던진 각오가 되어 있는 순정적인 모습 또한 있습니다. 단지, 보답 받지 못하는 사랑일 뿐.


그야말로 보답 받지 못하는 사랑이었다. 그녀 역시도 그 사실을 알고 있다. 설령 내가 우리엘 디아블로 본인이라 한들 마찬가지일 것이었다.

그럼에도 라이라는 순정 그 자체였다.

헌신적이고, 맹목적이었다.

다른 이들에겐 얼음이고 겨울이지만, 나를 대할 때만큼은 민들레고 봄이었다.

모든 걸 초월하는 사랑이 이런 걸까.

'만약.'

이런 상상을 해본 적이 있다.

만약에, 내가 '전이'를 하지 않게 되면.

이 몸은 영원히 움직이지 않는 것일지.

반대로 내가 이 몸을 차지한 채 '전이'하지 않으면, '오한성'이라는 존재는 영원히 지워지는 것일지.

어쩌면 언젠가는 선택해야 하는 게 아닐지…….

샤아아아아!

그때였다.

나를 따르던 이그닐이 비명을 지르는 것처럼 난리를 피우기 시작했다.

내 주변을 빙글빙글 돌고, 위험을 경고하듯 날개를 펄럭이며 나를 보챘다.

"이그닐이 어디가 아픈 걸까요?"

라이라가 고개를 갸웃하며 물었다.

하지만 아니다. 그런 게 아니었다.

나는 표정을 잔뜩 굳혔다.

저런 반응을 보이는 경우는 한 가지뿐이었다.

연결된 이타콰가 위험에 빠졌을 때!

저 정도로 부산을 떤다는 건 '아주 큰 위험'에 빠졌다는 뜻이었다.

욱신!

이윽고 가슴이 아파오기 시작했다.

무언가에 꿰뚫린 것처럼. 일순간의 고통에 정신이 아득해졌다.

이그닐과 이타콰가 연결되어 있는 것처럼, 오한성과 우리엘 디아블로 역시 연결되어 있었다. 무언가에 찔린 듯 가슴이 아파 온다는 건 본래 '나'의 몸에도 이상이 생겼다는 것!

심각했다.

대수롭게 넘길 일은 결코 아니었다.

"로드시여?"

심상치 않은 분위기를 느꼈는지 라이라가 나를 올려다보았다.

하지만······.

대답을 해줄 시간조차 없었다.

이그닐의 반응과 내 몸에 일어난 통증. 두 가지가 연결되어 내 머릿속에 경종이 울렸다.

'전이.'


[남은 시간이 존재합니다. 강제로 전이를 끝내면 강렬한 어지러움이 찾아올 수도 있습니다.]

[전이하시겠습니까?]

"……로드시여!"
나는 강제로 전이할 수밖에 없었다.

다시 눈을 떴을 때, 세상은 어두웠다.
전이가 끝남과 동시에 느껴지는 격통!
가슴 언저리가 파열된 것처럼 아파 왔다.
이에 눈을 뜨자,
내 눈앞에 기이한 푸른색의 눈동자를 지닌 노인이 자리하
고 있었다.
'월천(月天)……!'
노인의 얼굴을 어찌 잊을 수 있을까.
과거 내게 탈혼무정검을 넘겨주고 죽은 노인.
그가 바로 내 앞에서 사나운 표정으로 나를 바라보는 중이
었다.
"이제야 눈을 떴군."
목소리 역시 북풍한설처럼 차갑기 그지없다. 일전 암흑인
들의 공격에서 보였던 따스함은 전혀 보이지가 않았다.

울컥!

피를 토해냈다. 가슴 한복판이 휑하게 뚫려 있었다.

월천, 그의 손이 내 심장을 잡고 있었다.

나는 이를 악물고 노인의 주변을 바라봤다. 이타콰와 놀들이 쓰러져 있었다. 아마도 월천을 막으려다 역으로 당한 것일 테지.

'빌어먹을.'

상황을 이해할 수가 없다.

전이를 하게 되거든 남은 신체는 무방비 상태가 된다.

그래서 나를 보조할 힘을 키우려고 한 것이고.

하지만 월천은 과거의 나조차 뛰어넘는 자다. 지금 상황에서 내가 아무리 방비를 해봤자 소용이 없는. 그래서 눈에 띄지 않으려고 노력했건만, 그가 왜 갑자기 나를 공격한 걸까?

아무리 머리를 굴려도 답이 나오지 않았다. 하지만 나는 그의 눈에 비친 사나움 속에서 궁금증을 보았다. 이타콰와 놀들 또한 죽지 않았으니…….

"왜 나를…… 공격한 겁니까?"

담담하게 말했다. 지금도 피가 꾸역꾸역 흘러나와 정신이 아득해지고 있었지만, 이곳은 나찰각이다. 야차와 나찰. 무(武)를 숭상하는 무리. 약해 보여선 안 된다.

나찰, 월천이 내 심장을 더욱 강하게 쥐었다.

고통에 이를 더욱 악물자 그가 말했다.

"조사가 끝났다. 균열이 일그러졌으며 검은 소인들이 우리를 공격한 것과 관련해……. 그 배후로 모든 상황이 너를 지목하고 있지. 네놈 역시 '문'을 열고 들어온 외인이 아니더냐?"

놀랐다. 정말로 놀랄 수밖에 없었다.

그의 말이 맞았다. 나는 외인. 바깥에서 들어온 존재다.

검은 야차의 인으로 말미암아 야차 취급을 받기는 했지만, 엄밀히 말하면 나는 인간이므로. 본래라면 이곳에 없었어야 할 유일한 인간.

알고 있다면, 변명은 도리어 상황만 악화시킬 것이었다.

어떻게 알았느냐는 중요하지 않다. 나찰인 그가 나선 걸 보아하니 심증이 아닌 확증을 가지고 있다고 봐야 했다.

"정령과 짐승들, 그리고 용까지 다루다니. 하물며……."

스르륵.

뱀이 움직였다. 요르문간드. 과거 세계를 집어삼켰던 괴물.

하지만 지금은 내 어깨 위에 올라 월천을 노려보고 있었다.

"이처럼 묘한 뱀은 본 적이 없다. 역신(疫神)인가?"

요르문간드의 눈이 더욱 매서워졌다. 병을 옮기는 신 따위와 자신을 비교하는 게 당연히 좋을 리 만무했다.

이어 월천이 나를 돌아봤다.

"네놈, 뭐 하는 놈인고?"

"야차."

"야차?"

"그대들이 나를 야차라 부르지 않았습니까?"

"너는 야차가 아니다. 그러기엔 모든 게 너무나도 달라."

그는 의심하고 있었다. 그가 가슴에 박아 넣은 손은 내 구조(構造)를 파악하는 중이었다.

아마도 월천은 나찰각에서 가장 '지혜로운 자'일 것이다. 그렇기에 그가 나를 마중 온 것이고, 심장을 파먹은 이 손은 나와 그들의 다름을 알아보고자 하는 것이겠지.

'즉결 처분하지 않은 걸 다행이라 여겨야겠군.'

그래서 아직 희망이 있다.

고통은 익숙하다. 끓어오르는 피를 삼켰다. 애써 태연한 척을 하며 말했다.

"야차가 용맹한 전사를 뜻한다면, 나는 야차가 맞습니다. '문'을 열고 왔다는 걸 부정할 생각은 없습니다. 하지만 그대들과 마찬가지로 '의식'을 행하며 나는 숭고한 이상을 품게 되었습니다. 이곳을 공격한……."

"그만."

월천이 말을 끊었다.

제기랄! 실패한 건가?

마지막 한 수였건만 분위기는 전혀 누그러지지 않았다.

동시에 정신은 더더욱 멀어져만 간다.

추르륵.

월천이 손을 빼내었다. 현기증이 일고 몸을 가눌 수가 없었다. 하지만 나는 최대한 쓰러지지 않으려고 노력했다. 월천의 서슬 퍼런 눈빛을 피하지 않았다.

"검은 소인들과 네가 다름을 안다. 아니었다면 서고를 지키려고 온몸을 내던지진 않았겠지. 하나 네가 원인이 되어 그들이 들어왔음은 변치 않는 진실이다."

반박할 수가 없었다.

내가 들어오고, 시기 좋게 암흑인들이 침범했다? 그게 아니라 내가 문을 열어서 암흑인들이 덩달아 함께 들어온 거다. 데몬로드의 권한으로 닫혀 있던 문을 억지로 열었으니 그들 쪽에서도 '침략'하는 게 쉬웠을 것이다.

실수였다. 왜 그러한 생각을 하지 않은 걸까.

당연한 순서임에도 과거 암흑인들이 나찰각을 공격했던 기억을 떠올려, '우연'이라고 치부한 게 후회되는 순간이었다.

그나마 다행인 점이라면 내가 암흑인들과 같은 소속이 아님을 그가 믿어준다는 것이었다. 그 외엔 여전히 악재였지만.

'피해 갈 수 없다.'

이 문제에 대해서 나는 자유로울 수 없었다. 내가 원인이 맞았고, 과거로 다시 한번 돌아가지 않는 이상 이 결과는 달라지지 않을 것이므로.

수많은 참사를 일으켰으니 그 죄가 결코 가볍지 않다. 이들의 생리대로 행동하자면 나는 사형을 면치 못할 터였다. 아니면 이 자리에서 죽을 수도 있었고.

안일했다. 하지만 지금 상황에서 암흑인과 심연에 대해서 설명하면 오히려 의심만 키우는 꼴이 될 수도 있었다.

마지막 힘을 다해 말했다.

"하다못해…… 저 아이들은 죄가 없습…… 쿨럭!"

피를 토했다.

죽기 직전 부성애라도 발휘된 걸까?

내가 처벌받는다면, 이타콰와 놈들도 함께 받을 것이다.

하지만 그러길 바라지 않았다.

크르르릉!

그 순간 쓰러져 있던 이타콰가 몸을 일으켰다. 성난 콧김을 내뿜으며 월천을 향해 달려들었지만, 월천의 주변으로 기(氣)의 막이 생겨 그대로 튕겨 나갔다.

캬아아!

이타콰는 포기하지 않았다. 녀석의 울분이 함께 느껴졌다.

나는 월천을 바라봤다.

그가 고개를 끄덕였다.

"홀로 모든 걸 안고 가거라. 그 숭고한 정신을 잊지 말라. 그리하면…… 결과를 바꿀 수 있을지도 모르지."

흐려져 가는 의식 속에서, 마지막으로 그가 내게 남긴 말이었다.

다시금 눈을 떴을 때, 나는 묶여 있었다.

하지만 여전히 의식이 멀쩡하지 못했다. 억지로 각성한 느낌.

실눈을 겨우 떠서 앞을 바라봤다.

수많은 야차가 매우 공격적인 눈빛으로 나를 바라보는 중이었다.

저번 공습에서 가족을, 동료를 잃은 자들.

나찰각의 문을 닫더라도 그들의 울분을 풀 길이 없다. 1년 뒤 다시 '성흔 쟁탈전'이 시작된다고 하더라도 원한을 집중할 곳이 필요했다.

그래서 내가 선택된 것이다. 거대한 바위에 묶인 채로.

"……검은 소인들의 침공에 큰 기여를 했다는 사실에는 변함이 없는바."

판정이 내려지고 있었다.

갑작스러웠다. 하지만 이는 오로지 나의 입장에서다. 전이의 부작용이라 보아도 될 것이었다. 내가 전이한 사이, 저들은 하루하루를 피부로 느끼며 살아가고 있었을 것이기에.

갑자기 사라진 적.

저들에게 필요한 건 원망할 대상이었을지도 모르겠다.

"죽여라!"

"검은 야차의 인! 저 저주가 검은 소인들을 들여왔다!"

그들은 야차다. 전사다. 하지만 뜨겁게 뛰는 심장이 있었다. 그들도 슬퍼할 줄 알았다. 분노할 줄도 알았다.

그중에는 구화린도 있었다.

구화랑의 실종 소식을 듣고도 표정 변화 하나 없던 그녀가, 이마를 잔뜩 구긴 채로 나를 노려보는 중이었다.

동시에 깨달았다.

내가 무슨 말을 하더라도 통하지 않을 것임을.

십이나찰 중 하나인 '지천(地天)', 그가 나를 묶은 바위를 가리키며 말했다.

"오한성을 일천 년간 수라면벽(修羅面壁)행에 처한다."

작은 굴이었다.

빛 한 점 들어오지 않는.

열두 개의 석상이 있었고, 나는 그 사이로 던져졌다.

첫날은 아무것도 하지 못했다.

가슴팍에 나 있던 상처는 모두 회복되었지만 도무지 정신을 차릴 수가 없었던 탓이다.

다시 눈을 떴을 때, 얼마나 시간이 지났는지 가늠조차 할 수가 없었다.

하지만……

'죽지 않았군.'

죽지는 않았다.

고개를 돌렸다.

나는 온몸이 발가벗겨진 채로 좁은 굴에 갇혀 있었다.

철창은 단단했고, 고작해야 5평 남짓한 공간이었다. 구석에 물이 고였으며 그 주위로 푸른 이끼 같은 게 수북하게 나 있었다.

그리고 열두 개의 석상은 십이천(十二天)을 뜻하는 것 같았다.

무엇을 해야 할까?

이 어두컴컴하고 비좁은 공간에서 할 수 있는 일이라곤 한정적이었다.

문득 월천의 마지막 말이 떠올랐다.

'결과를 바꿀 수 있을지도 모른다.'

홀로 모든 걸 안으라. 숭고한 정신을 잊지 말라.

곰곰이 생각해 봤다. 결론은 하나였다.

포기하지 말라는 것.

그는 내게 커다란 힌트를 준 셈이다. 잡생각은 하지 말고 오롯이 나아가라는.

'단련.'

고민은 짧았다.

일단은 몸을 움직이기로.

신체를 보다 단단하게 만들면 철창을 부술 수 있을지도 모른다.

아니면 또 다른 기회가 주어지거나.

'백보신권. 익혀두길 잘했군.'

무기가 없는 상황에서 내가 의지할 거라곤 백보신권 하나뿐이었다. 한 번의 공격으로 백 보 바깥의 적을 멸할 수 있는 권법.

나는 천천히 자세를 잡았다.

그리고…… 움직이기 시작했다.


이곳에선 시간의 흐름이 부질없었다.

시간이 흐르면 분명히 수염도 날 텐데 신체적으로는 전혀 변화가 생기지 않았다.

마치 시간이 멈춘 것처럼.

하지만 내가 느끼기에 적어도 수십 일은 지난 것 같았다.

나는 푸른 이끼를 먹고 고여 있는 물을 마시며 백보신권을 나날이 연마해 나갔다.

그러나 이만한 고독은 또 처음이었다.

'미치겠군.'

쿵! 쿵!

철창에 이마를 박았다. 아무것도 없고, 한 치 앞도 볼 수 없다는 게 이처럼 불편한 것이리라곤 생각도 하지 못했다.

그야말로 무한한 고독.

세상에 나만이 남겨진 것 같은 기분.

한 번도 이러한 일은 겪어본 적이 없었다. 어느 때이든 나는 무언가와 연결이 되어 있었던 탓이다.

하지만 나가지 못할 수도 있다는 막막함과 조급함이 나를 더욱 좀먹었다. 아무리 최후의 영웅이라 할지라도 고독 앞에 선 어찌할 수 없다는 것일는지.

'마음을 가라앉혀야 한다.'

이대로 가다간 미칠 것이다. 정말로 미쳐서 광인(狂人)이 될 터였다.

그럴 수는 없었다. 내 정신이 망가지는 걸 나는 용납하지 못한다.

그래서 명상을 시작했다. 좌선한 뒤 나 스스로를 되새겼다. 과거의 기억들, 현재의 나, 미래의 길 등을.

나는 집중했다. 몇 번 명상을 하려고 한 적이 있지만 길게 이어지지는 못했다. 하지만 이번엔 다르다. 오로지 나밖에 없으니 나를 방해할 수 있는 건 아무것도 없었다.

천천히 내면으로. 더 깊숙한 곳으로 빠져들었다.

그러자 십이천의 석상 중 하나가 빛을 내기 시작했다.

지천(地天). 일천의 자리에 위치한 대지의 신.

지천의 석상에서 뿜어진 빛이 내 이마를 꿰뚫었다.

동시에 메마른 땅이 눈앞으로 펼쳐졌다.

모든 게 죽어 있었다. 나는 묘한 동질감을 느꼈다.

'메마른 내 마음과도 같구나.'

시간이 지날수록 나는 피폐해져 갔다. 지금 내 상태를 그대로 표현한 장소 같았다.

하지만 마음에 들지 않았다.

'푸름으로 넘쳐 나면 좋을 텐데.'

푸름과 생명이 넘치면 좋겠다.

자연은 무한한 변수의 세계다. 멈추지 않고 끝없이 흘러가며, 자연스럽게 풍만함을 낳는다. 나는 그런 자연이 좋았다.

그리 생각하자 내 손 위로 작은 삽과 씨앗이 생겨났다.

별다른 고민은 하지 않았다.

나는 천천히 움직이며 땅을 일구기 시작했다.

처음에는 큰 의미가 없었다. 그저 내게 도구와 씨앗이 주어졌고 그것을 이용해 이 메마른 땅을 되살려 보자는 마음뿐이었다.

하지만 농사란, 시간이 걸리는 일이다.

그리고 분명히 내게는 시간이 없었다.

'이곳은 내 마음속의 세상이다.'

좌선을 한 순간부터 생겨난 현상. 죄인에게 내려지는 시련인 듯했으나 이곳은 내 마음속을 갈아 넣은 공간이었다.

나는 마음을 편하게 가졌다.

심연에서의 일, 전이한 직후 겪은 일들.

그것들을 생각하고 떠올리는 순간 나는 '집착'할 수밖에 없었다. 그러한 집착은 이 세계를 더욱 메마르게 만든다. 그래선 이 공간을 푸름으로 바꿀 수 없고, 내게 주어진 시련을 해결할 수 없게 된다.

게다가 묘한 '촉' 같은 게 있었다.

'나는 시간의 흐름, 그 중간에 있다.'

과거로 돌아오며 나는 시간의 흐름에 한 번 역행한 적이 있었다. 현실에서의 하루가 심연에서의 이틀이 되기도 했다. 나처럼 시간의 순리 바로 옆에서 행동하는 존재는 없을 것이었다.

그렇기 때문일까?

지금 내가 있는 이곳, 마음속의 세상과 철창 안의 '나'가 겪는 시간의 흐름 또한 분명히 역행적인 것이라는 생각이 들었다.

나는 농사를 지었다.

메마른 땅을 파고 정돈하여 씨앗을 심은 후 고르게 덮었다.

하지만 부족하다.

씨앗이 자라나 과실을 맺기에 반드시 필요한 게 없었다.

'물.'

땅. 대지는 지천(地天)의 영역이다.

하지만 물이라면 수천(水天)의 것이었다. 그래서인지 내가 원하고 이미지를 그려봐도 물이 생기거나 하지는 않았다.

무엇이 필요한 걸까?

나는 주변을 돌아다녔다. 걷고, 걷고, 또 걸어서 물이 있을 만한 장소를 찾았다. 비록 고독했지만 나는 조금씩 '적응'해 나가는 중이었다.

그러나 천 리 길을 걸어도 물 한 방울 찾을 수 없었다.

다시 돌아왔을 때, 씨앗은 아직도 땅을 뚫고 모습을 드러내지 못했다.

단 하나를 제외하고.

그 모습에 나는 빙그레 웃고 말았다.

232 귀신 사냥꾼 3

'부족함 속에서도 생명을 발하는구나.'

생명의 힘이었다. 어쩌면 내가 그리는 생명의 찬란함일지도 모르겠다. 수많은 씨앗 중 저 하나만큼은 모든 게 부족한 상황에서도 노력하여 결국 벽을 뚫었다.

하지만……

한계가 있었다.

생명의 찬란함만으로는, 역설적이게도 발하지 않느니만 못했다. 자신만이 남았음을 알고 결국 좌절하며 죽어갈 테니까.

한마디로 이 발화한 씨앗은 '나'였다. 과거 으스러져 가던 내 모습과 닮았다. 포기하지 않으려고 했지만 나는 혼자 남았고, 절망하지 않았던가.

나는 이 씨앗을 살리고 싶었다.

그래서 뛰었다. 미친 듯이. 이곳이 내 마음속의 세상이라면 오로지 절망으로만 들어차 있지는 않을 것이었다. 내가 아는 '나'라는 존재는 절망의 끝에서도 분명히 웃을 수 있는 자였다.

천 리 길로 안 된다면 만 리 길로, 그로도 안 된다면 다시 그 열 배를.

'찾았다.'

그 끝에 나는 찾을 수 있었다.

폭포가 있었다. 덩그러니 폭포 하나만 있는 풍경이었지만, 나는 조심스럽게 씨앗들을 옮겨 와 이 주변에 다시 심었다.

그러자 가장 먼저 땅을 뚫었던 녀석이 빠르게 성장하여 꽃봉오리를 만들기 시작했다.

"좋군."

몇 개는 꽃이 되었고, 몇 개는 나무가 되었으며, 또 몇 개는 짐승이 되어 주변을 돌아다녔다. 씨앗은 '가능성'의 보고였던 셈이다. 무엇이든 될 수 있는 힘!

나는 나무를 베어 집을 지었다.

생명을 퍼뜨리고, 그 속에서 나는 나라는 존재가 채워지며 풍성해짐을 느끼게 되었다.

메말랐던 대지는 조금씩 풍요로움으로 넘치고 있었다.

화르르르륵!

거대한 불이 번지기 전에는 말이다.

화마(火魔)였다. 내 심상 속으로 불의 마인이 찾아온 것이다.

놈은 나타난 즉시 세상을 불태웠다. 걷잡을 수 없는 속도로 피어나던 생명들이 불타올랐다.

"어차피 네놈은 나에게 무릎을 꿇게 되어 있다. 이 부질없는 짓을 왜 계속 해나가는 거지?"

화마가 말했다.

굉장히 묘한 얼굴이었다.

민식이 같기도 하고, 우리엘 디아블로 같기도 하고, 라이라나 시리아 등의 내가 아는 인물의 얼굴 같기도 했다.

아니, 그 거대함은 '위대한 별'이라고 봐도 무방할 듯싶었다.

평범한 이라면 놈을 보는 순간 오줌을 지렸을 것이다. 내 안에 잠재되어 있던 공포 그 자체를 자극하고 있었다.

화마. 놈은 공포였다. 하여 나는 백보신권을 날렸다. 순환과 무한의 묘리.

쿠르르르릉!

곧 내 손에서 모인 거대한 진동이 세상을 뒤흔들었다.

이곳은 나의 심상이다. 결국 내가 원하고, 또 원한다면 그 원하는 크기의 따라서 힘의 크기도 달라지는 법이었다.

그리고 고통을, 시련을 꺾고자 하는 나의 의지는 이 세상을 크게 뒤흔들기에 부족함이 없었다.

이것이 바람이다.

곧 화마와 함께 세상의 장막이 뜯겨져 나가며, 나는 다시 원래의 장소로 돌아올 수 있었다.


지천, 수천, 화천, 풍천.

네 개의 석상이 빛을 발하고 있었다.

그것들의 빛은 하나로 모아지며 내 이마로 쏘아지고 있었는데, 굉장히 몸이 가볍고 머리가 말끔했다. 여태껏 겪었던 불안한 감정들 따위가 전혀 느껴지지 않았다.

한꺼번에 네 개의 시련을 돌파하고 나는 스스로의 평안함을 얻은 것이다.

다시 좌선을 해보았다.

'백보신권의 성취가 높아졌다.'

뿐만이 아니라 마력의 그릇도 넓어진 것 같았다.

하지만 이상한 일이었다.

모든 불안함을 잠식시킨 다음에야 드는 의문.

머릿속이 맑아지자 당연히 했어야 할 생각이 뒤늦게 들었다.

'수치로의 확인이 불가하다.'

십자 인을 그려도 요지부동이었다. 상태창을 비롯한 글귀들이 허공에 떠오르지 않는다.

나는 고개를 돌렸다.

푸른 이끼와 물. 그것들은 처음 들어왔을 때와 마찬가지의 모습을 하고 있었다. 줄어들지도, 늘어나지도 않았다.

이상하지 않은가?

꽤 오랫동안 나는 이 안에 머물렀음이 분명했다.

하지만 신체적 변화도 없고, 주변 사물도 그대로였다.

'이 역시 만들어진 세계란 말인가?'

그렇다면 이 좁은 공간 역시 가상의 세계일 가능성이 높았다.

방금 나는 내 심상 속을 오갔지만, 꿈속의 꿈과 같았다.

이런 게 가능하다는 말은 들어본 적도 없었다.

어디서부터일까.

어디서부터가 가짜고, 현실이란 말인가.

쿵! 쿵!

철창은 여전히 단단했다. 나는 마음을 먹고 세상의 변화를 꾀해봤으나 요지부동이었다. 적어도 지금 내가 서 있는 이 철창 안은, 나의 세계가 아니라는 뜻이었다.

누군가가 이곳에 나를 가둔 거다.

시간이 멈춘, 굉장히 정밀하게 만들어진 정신 속의 방.

끝없는 세월 동안 그저 절망하길 바라며 만들어진 작위적인 곳.

요르문간드도, 이타콰도, 눌들도 없었다. 심지어 전이조차 되지 않았다.

무한한 고독과 무한한 무력감이 들어야 정상일 것이다.

하지만 나는 생긋 미소 지었다.

'내 성취는 분명하게 올라갔다.'

모든 게 멈췄으나 유일하게 움직이는 건 나의 마음이었다. 강렬한 마음은 때론 현실에 영향을 끼치기도 한다.

절망하길 바랐다면, 포기하길 바랐다면, 아쉽지만 나는 그 정도로 유약한 자가 아니라고 말해주고 싶다. 나는 한계에 부딪히고, 그것을 깨며, 앞으로 나아가길 바라는, 인류 역사상 전무후무라고 해도 좋을 의지의 사나이니까.

하여…….

나는 다시 몸을 움직였다. 이전보다 더욱 격렬하게!

십이천나한진(十二天羅漢陣)의 열두 기둥이 흔들리고 있었다.

그 가운데에 한 남자가 눕혀져 있었다.

오한성.

검은 야차의 인을 지닌, 외부자.

그의 심장을 필두로 새겨진 진법은 어두운 방의 전체에 수놓아져 빛을 발하는 중이었다.

그리고 진법을 유지하는 열두 개의 기둥이 시시각각 파훼되고 있었다. 누구도 파훼할 수 없는 이 진법의 유일한 파훼법은 안에 갇힌 이가 스스로 이겨 나가는 것이었다.

그를 바라보며 월천은 침음을 흘렸다.

"……이 정도였단 말인가?"

"거짓 꿈을 꾸게 하고 있는 것이냐? 흥, 부질없는 짓을."

월천의 옆에 한 여인이 자리하고 있었다.

보는 순간 눈이 멀게끔 할 정도로 폭발적인 미(美)를 가진 존재.

요르문간드.

그녀는 샐쭉한 눈빛으로 눕혀진 오한성과 월천을 번갈아 바라봤다.

돌연히 찾아온 월천은 대뜸 이타콰와 놀들을 제압하곤 잠들어 있는 오한성을 상대로 진법을 그리기 시작했다.

요르문간드는 막지 않았다. 막을 수 없기도 했지만, 월천도 그녀를 건드리지 않았다.

보는 순간 월천 역시 그녀가 결코 평범한 존재가 아니라는 걸 깨달았기 때문이다.

"십이천나한진은 부정한 자는 결코 깨뜨릴 수 없는 진. 용맹한 야차도, 심지어 나찰 중에서도 이 진을 깨지 못하는 자가 부지기수였건만⋯⋯."

"한데?"

"⋯⋯그는 잘 깨고 있군요."

믿기지 않는다는 말투였다.

있을 수 없는 일을 목도한 자와 같았다.

"고작 이 정도 시련으로 무너질 자였다면 내 부마가 될 자격이 없다."

요르문간드가 콧대를 높였다.

월천은 고개를 돌려 요르문간드에게 시선을 줬다.

"어째서 그대와 같은 존재가 이자에게 숨어들어 있었는지는 모르겠으나, 대라선께선 그대의 존재 역시 깨달으셨습니다. 제게 시험을 해보라고 한 건 그대 때문이기도 합니다. 어딘가의 신이시여."

말투에 가시가 있긴 했지만 제법 공손했다.

그녀의 정체를 어렴풋이 깨닫고 있었기 때문이다. 월천은 수천 년 이상을 살아왔지만 요르문간드는 족히 그의 수십 배 이상을 살아온 존재라는 걸.

일전 암흑인들이 출현했을 때 요르문간드는 오한성에게 충고를 건넸고, 그때 대라선이 그녀의 존재를 알아차린 것이었다.

그녀 역시도 대라선과 같은 이의 눈을 속이고자 나찰산에 들어온 이후부터 일부러 목소리를 내지 않고 있었지만, 이미 걸렸으니 거칠 게 없었다.

요르문간드가 코웃음을 쳤다.

"이런 작은 곳은 신경도 안 쓰니 괜한 걱정은 말거라."

그녀는 세상, 아스가르드를 집어삼킨 뱀이다. 나찰계는 강력한 차원이지만 그녀가 욕심을 내기엔 한없이 작았다.

비록 지금은 힘이 없어도 그 자부심만은 남아 있었으니.

"그가 십이천나한진을 깨뜨린다면⋯⋯."

"깨뜨린다면?"

"그를 제자로 삼고 싶군요."

사뭇 진지한 어조였다.

검은 야차의 인, 승천자의 의식. 그리고 십이천나한진마저 깨뜨린다면, 이는 야차와 나찰들의 역사 속에서도 없었던 개벽과 같은 존재의 출현을 뜻한다.

"반발이 심할 터인데? 네가 그에게 보여준 심상은 마냥 거짓이 아니지 않더냐?"

요르문간드도 어렴풋이 월천이 '십이천나한진'으로 오한성에게 내보인 심상 같은 걸 읽고 있었다. 그중에는 야차들의 반발과 심판에 대한 것도 있었다.

비록 그 일은 현실이 아니지만, 현실과 비슷한 상황에 놓일 가능성도 분명히 있었던 것이다.

월천은 고개를 내저었다.

"십이천나한진을 파훼한 전사를 인정하지 않을 야차는 없습니다. 그럼에도 납득하지 못한다면 대련으로 납득시키면 됩니다."

"나는 그저 지켜볼 것이다. 하나."

요르문간드가 월천을 향해 강렬한 눈빛을 던졌다.

"내가 먹을 과실을 함부로 건드린다면 그 끝이 좋지 않을 것만은 알아두어라."

스르르륵.

그녀가 다시 은색의 뱀으로 화했다. 그녀는 변덕이 매우 심했다. 어쩔 때는 그가 죽는 걸 가만히 방관하다가도, 간혹 한 번씩은 챙겨주기도 했던 것이다. 감히 변덕의 화신이라고 할 수도 있을 것이었다.

이윽고.

쿵! 찌르르륵!

집 전체가 흔들렸다.

열두 개의 기둥이 무너지고, 천장이 떨어졌다.

그 사이에서 월천은 기의 막을 넓게 펼쳤다.

동시에.

오한성, 그가 눈을 떴다.


내가 머물렀던 장소의 모든 게 '허상'임을 깨달은 이후로 얼마나 시간이 지났는지 모르겠다.

열두 개의 하늘이 내리는 시련을 모두 완료하였을 때 나는 또 다른 각성을 이뤄낼 수 있었다. 육체적, 물리적이 아닌 정신적 고양감에 몸을 부르르 떨었다.

상당히 긴, 어쩌면 짧은 시간이 흐르고 난 뒤, 나는 직접 철창을 깨부쉈다. 이 작고 가는 철창으로는 더 이상 내 비대해진 정신을 가둬둘 수 없었다.

흔히 말하는 득도의 경지와는 거리가 멀었지만, 확실한 건 더욱 견고해졌다는 것. 또한 그곳에서 얻은 건 정신의 성장만이 아니었다.

[열두 개의 하늘이 내리는 시련을 모두 완료했습니다.]

[ '열두 시련의 파훼자' 칭호를 획득했습니다.]

[ '백보신권' 의 성취가 1→4성으로 상승했습니다.]

[ '금강불괴' 의 성취가 3→5성으로 상승했습니다.]

[지능이 크게 상승했습니다.]

머리가 맑아졌다.

익숙한 공기. 눈을 뜨자 다시금 내 앞에 월천이 있었다.

그는 내 심장을 쥐고 있지도, 그렇다고 저승사자와 같은 눈을 하고 있지도 않았다.

다만, 담담히 기의 막을 펼친 채로 나를 바라보고 있을 뿐이었다.

"처음부터…… 모든 게 꿈이었군요."

그제야 깨달았다.

처음 심장을 잡혔을 때부터가 꿈의 시작이었다는 것을.

전이하고 있을 때도 이미 오한성인 나는 십이천나한진의

진법에 사로잡혀 실시간으로 그 안을 노닐고 있었던 셈이다.

이는 그가 내게 내린 시련이고 확인이었다.

"이제 되었습니까?"

"되었다."

자리를 털고 일어났다. 저 한마디면 족했다.

그의 확인이 끝나고, 내가 멀쩡하다는 건 '통과'의 의미였다.

하기야…… 시련을 이겨내지 못했다면 평생 그 허상의 공간을 떠돌며 생을 마감했을 것이다. 굳이 그가 손을 쓸 필요조차 없었다.

월천은 뒷짐을 진 채로 천천히 내게 다가왔다.

"너에겐 몇 가지 선택지가 있다. 십이천나한진을 파훼했으니 정식으로 '대주'의 이름을 얻어 소수의 야차를 통솔하는 게 첫 번째."

대주라.

십이천나한진의 파훼가 대주의 첫 조건인 모양이었다.

그러고 보니 구화랑은 '화련대주'의 자리에 위치하고 있었다.

하지만 알맹이가 없었다. 내가 대주가 된들 어느 야차가 나를 따르겠는가.

"나찰각을 나가 다시는 돌아오지 않는 게 두 번째. 이 경우 너는 나찰각에서 얻은 모든 걸 버려야 한다."

월천이 이어서 말했다.

모든 사건을 덮고 그냥 나가라는 것.

원래부터 인연이 없었던 것처럼 이 안에서 얻은 모든 걸 버리고 떠나라는 이야기다. 아마도 이번 진법처럼 또 다른 금제를 걸 수도 있었다.

그다지 달갑진 않은 선택지였다.

"마지막으로 셋째. 십이천의 제자가 되는 것이다."

"이대로 지낸다는 선택지는 없습니까?"

"십이천나한진의 파훼를 통한 대주로의 승격 이상이 아니라면 나찰각의 어느 누구도 너를 인정하지 않을 것이다. 누구에게도 인정받지 못하는 야차는 파문(破門)에서 결코 자유로울 수 없지."

"십이천의 제자가 되는 건 그 이상으로 인정을 받는 거고요?"

월천은 대답하지 않았다.

무언의 긍정.

하지만 가시가 있다. 휘하가 없는 대주는 결코 대주라고 할 수 없으며, 십이천 중 누구도 나를 선택하지 않는다면 결국 낙동강 오리알 신세가 될 수밖에 없었다.

그 결과는 파문으로 이어질 것이다.

이는 많은 야차가 나의 파문을 바라고 있다는 뜻과 일맥상

통했다.

내가 어느 정도의 '급'을 갖지 않으면 그 여론을 결코 이겨 낼 수 없다는 뜻이었다.

위기다.

그리고.

'기회다.'

대주가 되는 건 진법을 파훼한 자에게 무조건적으로 주어 지는 선택지였다. 하지만 십이천의 제자가 되어라? 이는 월 천이 내게 던진 또 하나의 힌트였다.

십이천이 나를 바라고 있다는 말.

또한 가장 높은 확률로 그중 하나는 내 눈앞에 있는 자.

'월천.'

그일 가능성이 높았다.

그리고 나는 그에게 얻어야 할 것이 있었다.

탈혼무정검과 짝이 되는 심법!

그라면 분명히 그 심법을 알고 있을 것이었다.

심법을 찾을 수만, 얻을 수만 있다면, 탈혼무정검을 9성 이상의 성취로 끌어올릴 수 있을 터였다. 검에 마음을 싣고, 자연의 힘을 끌어내며, 마침내 입신의 경지에 오를 수도 있 다는 뜻이다.

천천히 상체를 앞으로 숙였다.

제자가 스승과 연을 맺게 되거든 올려야 하는 예절.

"제자 오한성, 스승님에게 절 올립니다."

배움에는 끝이 없다고 했다. 누군가에게 성취를 얻을 수만 있다면 까짓 구배지례 정도는 허리가 닳도록 할 수 있었다.

나는 나아가길 바란다.

또한 기회는 주어질 때 잡아야 하는 법이었다.

내가 정확히 아홉 번 절을 올리자 그가 말했다.

"따라오너라."

뒷짐을 진 월천이 천천히 앞으로 걸어나갔다.


그의 뒤를 따르며 나는 내 자신의 변화를 확인하는 중이었다.

몸이 가벼워졌고, 정신은 맑아졌으며, 허상 속에서의 성취가 현실에서도 반영되었기 때문이다.

십자 인을 내리긋자 허상 공간 속에선 보지 못했던 글귀들이 떠올랐다.


[상태창이 갱신됩니다.]


**이름:** 오한성

**직업:** 천지인(天地人)

**칭호:**

- 오한성(無, 순수 마력 10당 모든 능력치+1)

- 열두 시련의 파훼자(6Lv, 지능+9)

- 놀 궤멸자(5Lv, 체력+7)

**능력치:**

힘 46(41+5) 민첩 47(37+10) 체력 49(37+12)

지능 49(30+19) 마력 66(56+10)

잠재력(201+56/461)

**스킬:** 심안(9Lv), 지배자(9Lv), 전이(???), 냉혈(2Lv), 칠흑의 손길 (2Lv), 요리(1Lv), 정령사(4Lv), 탈혼무정검(6성), 백보신권(4성), 금강 불괴(5성)

**착용 장비:** 요르문간드(2Lv, 지능 마력+5), 승천자의 망토(민첩+5)


**[전후 비교]**

힘 42 민첩 43 체력 43 지능 33 마력 64 잠재력(181+42/461)

힘 46 민첩 47 체력 49 지능 49 마력 66 잠재력(201+56/461)


이 정도면 놀라울 정도의 성장이었다. 특히 이번 시련에서 얻은 칭호와 지능의 성장은 '괄목상대'라고 해도 무방할 듯싶 었다.

마법적인 저항 능력과 스킬의 숙련도를 높이는 데 지능은 가장 큰 영향을 끼친다. 지능이 높아졌으니 스킬들의 레벨 등이 더욱 빠르게 오를 것이었다.

신체 능력치의 성장도 봐줄 만했다.

이 정도면 과거 인류의 평균 잠재력 250을 웃도는 성장이 었다. 그들이 강해질 수 있는 최대치를 나는 벌써 뛰어넘었 다는 의미였다.

과거로 돌아온 지 고작 수개월.

내가 생각해도 믿기지 않는 성장 속도였다.

"여기는 서고 아닙니까?"

늦은 저녁. 나찰각은 벌써 상당히 비워진 상태였다. 암흑 인들의 침략이 있은 뒤 5일 내로 나찰각을 비우라는 대라선 의 의지가 있었기 때문이다.

그리하여 다른 야차를 만나진 않았지만, 월천이 나를 인도 한 곳이 서고라는 게 못내 걸렸다.

이윽고 서재 안으로 들어간 월천은 내게 두 권의 책을 넘 겼다.

"지금부터 이것을 가르칠 것이다."

"삼재심법, 삼재검법……."

다른 화려한 책들에 비하면 초라하기까지 한 이름.

그야말로 기초 중의 기초가 담긴 책이 삼재심법과 삼재검 법이었다.

누구도 거들떠 안 본다. 나조차도 굳이 익히려는 생각은 하지 않았었다.

왜냐하면…….

'너무 느려.'

검법과 심법 모두가 심각하게 느리다. 다른 심법으로 내공…… 그러니까 마력을 1 쌓아갈 때 삼재심법으로는 고작 0.3 정도나 챙기면 다행이었다.

삼재검법은 또 어떤가.

저런 검법에 맞으면 팔푼이 소리를 듣기에 딱 좋다. 그냥 단순하게 베고, 찌르는 게 전부인 흔히 말하는 삼류무공.

물론 내가 가진 '천지인'과 꽤 뜻이 상통하는 부분도 있긴 있었다. 삼재역시 천, 지, 인을 뜻했으므로. 그러나 뜻만 같을 뿐이지 솔선수범해서 익히고픈 마음이 전혀 들지 않았던 것도 사실이다.

그런데 그 두 개를 한 번에 익히라고?

"이 두 가지는 모든 것의 기초가 된다. 내가 앞으로 가르칠 무공을 익히려거든 반드시 이 두 개를 대성해야 하느니라."

"제가 앞으로 익혀야 할 무공이 무엇인지 알려주실 수 있습니까?"

"탈혼무정검과 태을무극심법이다."

아아.

익숙한 이름이 귓가를 강타했다.

게다가 탈혼무정검과 짝이 되는 심법이 '태을무극심법'임을 알 수가 있었다.

나는 기쁜 마음에 물었다.

"그것들도 이미 서고에 있지 않습니까?"

"원본이 아니다. 반쪽이지."

"반쪽만 남겨둘 이유가 있습니까?"

"그 이상은 익히기가 불가능하기 때문이다."

불가능하다?

내가 의아한 표정을 짓자 월천이 이어서 말했다.

"탈혼무정검과 태을무극심법은 과거 천마라고 불렸던 자가 창시한 무공이다. 너무나도 강한 나머지 배척받았고, 누구도 이해하지 못했으며, 그래서 사장된 무공이지. 그 이상으로 위험하기 때문에 안전한 앞부분만을 서고에 둔 것이다."

하늘의 마귀, 천마!

야차와 나찰들조차도 이해하지 못할 수준의 천재였다니, 상상이 되지 않았다. 얼마나 대단했으면 십이천 중 하나인 월천조차 그리 말하겠는가.

기대가 되었다. 과거 내가 익힌 부분은 '겉핥기'에 불과했다. 얼마나 위험하고 위협적인지 직접 경험해 보고 싶었다.

"탈혼무정검과 태을무극심법을 대성한 자는 천마 이외엔

없다. 도전했던 자들은 모두 미치거나 스스로 목숨을 끊었지. 나 역시 강제로 단전을 뜯어낸 다음에야 겨우 '암령'의 지배에서 자유로워질 수 있었다."

그런 위험한 걸 제자에게 가르치려 하다니, 정상적인 스승이라 할 수는 없었다. 하지만 도전을 하고픈 욕심이 들었다. 모험, 도전은 그만한 대가를 치르게 마련이었으므로!

하지만 한 가지 의문점이 있었다.

단전을 뜯어내고도 나찰이 된 월천이 새삼 엄청나 보이긴 했지만…….

"암령이 무엇입니까?"

"때가 되면 자연스럽게 알게 될 것이다."

감히 나찰인 월천조차도 단전을 한 차례 뜯어내게 했던 것. 그게 무엇인지 감이 잡히질 않았다.

두루뭉술한 대답이었으나 더 묻지는 못했다.

"받아라."

월천이 발로 바닥을 한 차례 두드리자 공간이 일그러지며 검 한 자루가 튀어나왔다.

내가 검을 쥔 순간, 그가 검기를 방출하며 말했다.

"우선 삼재검법이다."

"그쪽은 괜찮습니다."

"……삼재검법이 쉬워 보이더냐?"

처음으로 월천의 표정이 굳었다.

하긴, 이곳에서 나는 검을 휘두른 적이 없었다.

하지만 나는 '기초'라면 학을 뗄 정도로 수없이 연습했다. 삼재검법은 그 기초를 다룬 책이라 굳이 안 익힌 이유도 있었다.

슈슈슉!

세로로, 가로로 베고, 정확히 중심을 찔렀다.

그 일련의 동작을 몇 번이나 더 반복했다.

이 이상으로 깔끔할 수는 없을 것이다.

이어 조금씩 느리게 세 동작을 전개하자 월천의 눈빛이 달라졌다.

'철부지 녀석'에서 '이 녀석 조금 하는군' 정도로 말이다.

하지만 월천은 끝내 고개를 저었다.

"느림의 묘(妙)를 살릴 줄 아는구나. 하지만 아직 멀었다. 그보다 더욱 느리고 정확하게 펼쳐야 한다."

그가 시범을 보였다.

천천히 뻗은 검기를 베고, 찌르고, 다시 베었다.

한 세월인 듯 느렸으나 나는 항거할 수 없는 '벽'을 보았다.

'틈이 없다.'

나를 향해 검기가 뻗음에도, 내가 들어갈 틈이 보이지 않았다. 섣불리 들어갈 수가 없었다. 상식적으로 불가능한 일이 눈앞에서 펼쳐지고 있었다.

'빌어먹을. 아직 멀었군.'

순간 양 볼이 화끈거렸다.

자신 있게 나섰지만 번데기 앞에서 주름을 잡은 꼴이었다.

지금 내 눈앞에 있는 존재는 내가 마주 봤던 '천재들'보다도 더욱 상위에 있는 자였다. 고작 저런 단순한 동작에서부터 자신의 '격'을 실을 수 있다니.

정신이 번쩍 들었다.

그조차도 탈혼무정검과 태을무극심법을 대성하지 못한 채 단전을 뜯어냈다고 했다. 지금의 상태로 내가 익혀봤자 다시 겉만 핥고 끝날 가능성이 농후했다.

'기본부터. 다시.'

침을 꿀꺽 삼켰다.

그리고 다짐했다.

자만하지 말고 다시 시작하기로.

월천은 공식적으로 내가 제자가 되었음을 선포했다.

"검은 야차가 월천 님의 제자가 되었다는데?"

"월천 님께서 제자를 둔 건 처음이 아닌가?"

"도무지 그분의 속을 모르겠군."

대다수의 야차가 이미 나찰각을 떠났지만, 주요 야차들은 아직도 나찰각에 남아 있었다.

오룡이나 각 대의 대주들, 혹은 그와 관련된 야차들 말이다.

그들은 하나같이 믿을 수 없다며 입을 모았다.

특히 그중에서도 구화린의 충격은 이루 말할 수 없었다.

'그 약골이 월천 님의 제자가 됐다고?'

백보신권을 익혔으나 구화린의 머릿속에서 오한성은 여전히 약골이었다. 다만 그 특이성과 잠재성을 높이 사서 자신의 조에 넣어주려고 했던 것뿐이었다.

그런데 난데없이 까다롭기로 소문난 월천의 제자가 되었다니!

근본 없는 야차에서 순식간에 최고 배분이 되었다. 십이천의 제자라면 대주들보다도 급이 높았다. 당연히 오룡들과는 차원이 달랐다. 애당초 오룡들도 십이천의 제자가 되기 위해 '성흔 쟁탈전'에 참여하려던 것이었다. 검은 야차 오한성은 그 과실만을 쏙 빼먹은 것이다.

하지만 쉽게 인정하기가 어려웠다.

월천의 제자가 되는 건 구화린, 그녀가 바라고 또 바라던 일이었으므로.

가뜩이나 마음이 심란한 지금과 같은 시기엔 더더욱 그

랬다.

'직접 확인해 봐야겠어.'

구화린은 움직였다.

정말로 그가 월천의 제자가 될 자격이 있는지, 확인을 해
보고 싶었다.


느림의 묘(妙). 천천히 검을 내리그으며 나 자신의 관조 역
시 함께하는 행위다. 더 나아가 주변 모든 만물을 느끼며 오
로지 일도(一道)를 행하는 게 삼재검법의 기본이고 중심이 되
는 내용이었다.

천천히, 더욱 천천히, 이내 무아지경에 빠져 머릿속을 비
워간다. 숨소리가 작아지고 전신의 미세한 떨림마저 줄어들
며 공기와, 바람과, 더 나아가 배경 자체와 동화되었다.

하지만 쉽지 않았다. 검을 반복적으로 내지르며 완벽한 무
아지경에 빠지는 건 아주 조그마한 변화만으로도 집중이 깨
진다. 바람의 세기, 새가 멀리서 지저귀는 소리에도 나는 다
시 현실로 돌아올 수밖에 없었다.

'내 집중력이 이것밖에 안 됐나?'

다시 한번 깨진 집중에 검을 멀뚱히 내려다봤다.

이른 아침. 새벽 공기가 무던히 찬 날. 가벼운 도복으로
갈아입고 서고 옆의 빈 공터에 자리를 잡고 있었다.

삼재심법과 함께 응용하며 검을 휘두르려 했지만 도무지가 쉽지 않았다. 아직은 의념 호흡의 단계에 머물고 있었는데, 그다음 단계인 의수 호흡으로 넘어가면 잠을 자면서도 자연스럽게 흡기가 된다고 한다.

마지막 의전 호흡의 단계에 다가서면 머리가 아닌 몸으로, 숨 쉬는 것처럼 삼재심법을 응용할 수 있었다. 하여 어떻게든 심법과 검법을 동시에 운용하려 해보고 있었지만 의념 호흡 이상의 경지에는 다다르기가 쉽지 않았다.

왜일까. 집중력이라면 나름 자신이 있는 분야였건만.

'생각이 많다.'

고개를 끄덕였다. 집중력이 깨지는 원인은 간단했다.

잡생각이 많았다. 정확히 말하자면 걱정이라고 해야 할 것이다.

'라이라 디아블로……'

작게 한숨을 내쉬자 입김이 허공을 노닐었다.

라이라 디아블로의 경악 어린 목소리가 아직도 귓가를 맴돌고 있었다. 급히 전이할 수밖에 없었지만, 돌아가는 것도 용의치가 않았다.

이미 나찰각에선 나를 용의 주시하는 중이었다. 월천만이 움직였다지만, 월천만 나를 보고 있는 것은 결코 아닐 터였다. 만약에, 아주 만약에 털끝만큼의 의심이라도 사게 된다면, 어떠한 양상으로 일이 흘러갈지 전혀 예상할 수 없다.

감시가 있을 수도 있었다. 아직 나는 모든 용의를 벗어던 진 게 아니므로.

게다가.

'잠시 돌아가는 건 의미가 없다.'

돌아가도 문제였다. 아마도 우리엘 디아블로의 몸은 내가 전이한 순간 거짓말처럼 쓰러졌을 것이다. 라이라가 성으로 옮겼겠지만 내가 전이하기 전에는 우리엘 디아블로도 깨어 나지 않는다. 설혹 깨어나더라도 나는 장시간 체류할 수 없 고, 다시금 나찰각으로 돌아와야만 하는 신세였다.

탈혼무정검, 그리고 태을무극심법은 결코 놓쳐선 안 되는 비급이었으니.

'안전한 장소에 다다를 때까진.'

적어도 나찰각은 벗어나고 전이를 할 생각이었다. 이곳에 서는 변수가 너무 많다. 심지어 그 변수들을 내가 마음껏 주 무를 수도 없다.

하지만 지구에서라면 다르다. 이타콰 혼자서도 충분히 내 곁을 지킬 수 있으리라.

'잡생각을 지우자. 삼재심법과 삼재검법을 동시에 운용하 는 건 만만한 일이 아니야.'

겸손해지기로 했다. 고작 삼재검법이라는 생각 자체를 버렸다. 나는 기초부터 다지는 중이었다. 초심으로 돌아가야만 더 깊게 파고들 수 있는 법이다.

후우우–!

숨을 크게 들이쉬고 천천히 검을 내뻗었다.

눈을 감고 그대로 심법을 운용했다. 다른 심법은 해당하는 구절을 외우며 기를 돌려야 하지만 삼재심법은 그저 숨을 몰아쉬어 혼탁한 기운과 정한 기운을 구분하기만 해도 되었다.

베기와 찌르기. 검술은 이 두 가지로만 이뤄진다. 단순하면서도 단순하지 않은 그러한 미학이 담겨 있는 셈이다.

한참을 검과 호흡에 빠져 그대로 배경에 녹아들었다.

그렇게 얼마의 시간이 지났을까.

'아직 부족하다.'

다시 집중이 깼다. 고개를 내저으며 혀를 차자, 조금 먼 공간에서 목소리가 들려왔다.

"산만하네. 급하기도 하고."

시선을 옮기자 멀리서 구화린이 다가오고 있었다.

구화린. 구화랑의 여동생이며 오룡 중 하나인 적룡(赤龍)에 위치한 야차. 그녀를 본 순간 구화랑이 내게 부탁했던 것들이 떠올랐다.

'천년독각사의 내단과 현철.'

화련대의 지하에 숨겨진 그것들을 구화린에게 전해달라고

구화랑이 부탁한 바가 있었다. 야차들이 거의 다 나찰각을 떠난 뒤에나 도전을 해보려고 했는데, 구화린은 아직 나찰각을 떠나지 않은 모양이었다.

"삼재검법과 삼재심법 같은데 그 두 개는 열심히 해봤자 한계가 있어. 둘 다 실전용이 아니니까. 차라리 익혔던 백보신권이나 더 열심히 하지그래?"

"신경 쓰지 마라."

매몰차게 말하며 다시 검을 들었다.

그녀가 구화랑의 동생이긴 하지만 구화랑과 성격은 정반대였다.

신경을 끄고 이내 열중하려 했지만 집중이 쉽지가 않았다.

그것을 물끄러미 지켜보던 구화린이 자리를 옮겼고, 머지않아 약재 하나를 가져오더니 내게 건넸다.

"받아."

"받으라고?"

고구마나 마처럼 생겼지만 그 두 개는 아니었다.

붉은 기운을 띠는 적하수오였다.

내가 의아해하자 구하린이 이어서 말했다.

"정신 산만한 아이들한테 쥐여 주는 약재야. 씹어서 넘겨."

그러더니 구화린이 시범을 보이듯 와그작대며 그것을 삼켰다.

나쁜 의도로 보이진 않았다. 적하수오는 집중력을 올려주는 데 효과가 있긴 하였다.

경계의 의도를 담아 입을 열었다.

"갑자기 이러는 이유가 뭐지?"

"월천 님의 제자가 되었다고 들었어."

"맞다."

감출 것도 없었다. 이미 정식으로 공표가 된 내용이었으니.

그러자 구화린이 표정을 굳혔다.

"분명히 이유가 있어서 월천 님의 제자가 되었겠지. 나는 그 이유를 확인하고 싶어. 그러면 내가 너보다 부족한 게 무엇인지 알 수 있을 테니까."

제법 건실한 이유였다.

하지만 여전히 의아함은 가시질 않았다.

그를 알고 있다는 듯 구화린이 이어서 말했다.

"그러니까 도와줄게."

"무엇을?"

"삼재검법을 대성하려면 두 명이서 하는 게 훨씬 빨라."

구화린이 허리춤에 찬 검을 꺼내 쥐었다.

"대련을 하자는 건가?"

처음부터 대련의 의도로 다가왔다면 이해가 되었다. 월천의 제자가 된 순간부터 야차들이 나를 노릴 수도 있음은 인지하고 있었다.

하지만 구화린을 고개를 저었다.

"검법을 익히는 데 있어서 가장 좋은 방법은 같은 검법을 수련한 자들이 서로 마주하며 펼치는 거야."

의표를 찌르는 방법이었다.

생각을 해보면 타당하긴 했다. 서로에게 가르치듯 검술을 펼치면 더욱 쉽게 빠져들 수 있을 것이었다.

무엇보다 상대가 있어서 나쁠 건 없었다.

백원후는 검술을 모른다. 나와 주기적으로 대련을 해줄 야차도 없을 것이었다. 그녀가 자처하여 나서준다면 나로선 고마운 일.

하지만 '도와준다'는 어조는 확실히 이상하긴 했다.

"내가 그의 제자가 된 데에 불만을 가진 거 아니었나?"

"불만이 있다고 때려눕히는 야만적인 일은 안 해."

굉장히 진취적인 자세라 나조차도 조금은 놀랄 수밖에 없었다. 적어도 꼼수를 부리는 타입은 아닌 것 같았다.

이어 구화린이 검을 들었다.

"그럼 시작해 볼까?"


구화린은 검술에 굉장히 조예가 있었다. 월천보다는 못했지만 그것은 그가 넘을 수 없는 벽과 같은 장소에 있어서 그런 거고, 굉장히 현실적으로 구화린은 '천재'의 자리에 위치하고 있을 것이었다.

천재.

나보다 뛰어났던 사람들.

단순한 스킬로서의 사용이 아닌 검 그 자체에 통달한 자들!

구화린이 펼치는 삼재검법은 고요했다. 절제되어 있었으며 왠지 모를 꽃 향이 느껴졌다.

검에 자신의 향기를, 기운을 자연스럽게 갈무리시키는 경지에 다다라 있는 게 분명했다.

'제법 자극이 되는군.'

눈앞에서 펼쳐지는 아름다운 검술에 잠시 넋이 나갔다. 하지만 자극이 되는 건 분명했다. 구화린이 넘겨준 적수오의 효과인지는 모르겠지만 적어도 '잡생각'은 사라졌다.

나 역시도 삼재검법을 펼쳤다.

둔하게. 묵직하게. 한 치의 흐트러짐 없이 휘둘렀다.

검은 조금씩 느려졌다. 베는 동작 하나만으로 1분이, 10분이 소요되기도 하였다.

'느림의 묘.'

빠르게 휘두르는 것보다 느리게 휘두르는 게 더 힘들다. 나는 그 차이를 절실히 깨닫는 중이었다. 하지만 덕분에 보지 못하고 느끼지 못했던 것들을 확실히 알 수 있었다.

예컨대 근육의 정밀한 움직임, 바람의 저항, 마력의 변화 등을.

구화린의 삼재검법은 구화린만의 색깔을 담고 있었다. 나 역시도 삼재검법에, 검술 자체에 나만의 색깔을 부여해야 한다.

과거에도 그런 생각은 해본 적이 없었다.

하지만 상승의 경지에 닿기 위해선 필요한 작업이었다.

'나만의 검.'

무아지경.

내 시야에 들어 있던 구화린이 또 다른 '나'로 대체되었다.

'나'는 삼재검법을 아주 느릿하게 펼쳤다. 나 역시도 그와 똑같은 몸동작으로 검을 마주했다. 그러자 '나'와 나 사이에 미묘한 미풍(微風)이 불기 시작했다.

'바람……'

저 바람을 잡고 싶었다.

하지만 잡을 수 없었다.

바람은 검 사이를 허무하게 빠져나갈 뿐이었으므로.

하지만 바람은 계속해서 불어온다. 나는 저 바람을 잡아둘 생각으로 아주 느리게 검을 휘둘렀다.

몇 분이고, 몇 시간이고, 계속해서.

같은 일과가 며칠째 반복되고 있었다.

처음에는 약골이라고 무시했던 구화린이지만 시간이 지날수록 그럴 수가 없게 되었다.

'삼재검법 따위에 공을 들이는 이유가 뭘까?'

오한성. 녀석은 서재의 공터에서 삼재검법을 죽어라 내려치고 있었다. 하마터면 웃음이 나올 뻔했다. 고작 삼재검법이라니. 요즘의 야차들은 느려 터졌다고 익히지도 않는 검법 아닌가.

게다가 잡생각이 많은지 집중도 오래하지 못했다.

구화린은 그때 결정했다. 대련은 격이 맞는 자들끼리나 하는 것이고, 약자를 괴롭히는 취미 따윈 없으니 한번 옆에서 지켜나 보자고.

자신의 오빠, 구화랑과 어렸을 적 삼재검법을 같이 익혔기 때문인지 묘한 동질감도 있었다.

그리하여 함께 삼재검법을 펼치는 상대가 되었지만…….

'이건 삼재검법이 아니야!'

하루가 다르게 오한성은 달라졌다. 그의 검은 무척이나 둔했다. 둔해 빠졌다. 보는 입장에서 답답할 정도로. 아무리 삼재검법이 느림의 묘를 살리는 것이라지만 그것도 '적당히'다.

그런데 오한성의 삼재검법은 거북이보다도, 달팽이보다도 느렸다.

저건 삼재검법이 아니다.

게다가 그 사이에서 바람을 느꼈다.

아주 작은 바람이었지만 분명히 검에 스며들고 있었다.

검에 의념을 싣는 건 적어도 초절정은 되어야 한다.

구화란 그녀 역시도 검에 자신의 향을 심은 건 얼마 되지 않았다.

그럴진대.

'절대로 초절정의 경지는 아닌데.'

백보신권을 익혔으나 오한성은 검술도 꽤 교양이 있었다. 그러나 초절정이라 하기엔 많이 부족한 게 사실이었다.

하지만 그는 분명히 검에 의념을, 바람을 싣고 있는 중이었다.

이게 얼마나 말이 안 되는 일이냐 하면, 이제 막 태어난 아이가 달리기를 시작하는 것과 같은 수준이었다.

'마치 검에게 선택을 받은 것처럼······.'

구화린은 천재다. 스스로도 알고 있었다. 구화랑조차 뛰어넘는 검의 자질을 지녔다.

하지만 다른 오룡들보단 약했다. 그들과 같은 배경조차 없었다. 자력으로 일어나 구화랑은 화련대주가 되었고 자신은 적룡이라 불렸지만, 태어날 때부터 세력을 등에 업은 야차들과의 싸움에선 한 수 밀릴 수밖에 없었다.

그래도 자부심이 있었다.

순수한 검술로선 그들 모두를 이길 수 있으리라고.

누구보다 더한 노력을 기울이고 있노라고.

그런 구화린조차 눈앞에서 일어나는 기현상에 입을 다물 수가 없었다.

하물며 그는 쉬는 방법을 모르는 것 같았다.

며칠간 함께했으나 구화린이 자리를 비울 때도, 새벽녘에 찾아올 때도, 그는 검을 휘두르고 있었다.

'내가 마지막으로 밤낮을 새워가며 검을 휘두른 게 언제였더라?'

처음에 검을 잡았던 그때의 자신을 보는 것만 같았다. 하지만 초절정의 벽을 넘어선 이후 나찰각에 들어와선 조금 나태해졌다. 다른 오룡들의 차이를 줄이고자 인재 영입에 온 힘을 기울였기 때문이다.

구화린은 입술을 깨물었다.

오한성은 굴러 들어온 돌이다. 분명히 자신과는 한참이나 차이가 나지만, 머지않아 따라잡힐 것만 같은 불안감이 기습했다.

'월천 님께서 그를 선택한 이유가 이런 거였을까?'

무한한 노력. 분명히 오한성은 재능을 가졌다. 하지만 그를 뒷받침할 쉬지 않는 원동력도 있었다.

질 수 없었다.

그녀는 지기 싫어하는 성격이었다.

구화린은 오한성을 인정했다.

그는 더 이상 약골이 아니었다. 검은 느렸지만, 그 속에 백 가지의 바람이 담겨 있으니 감히 누가 그를 약하다고 할 수 있겠는가.

적어도 검술을 누구보다 진지하게 접하고 있다는 것만은 분명했다.

구화린은 노력하는 자를 좋아한다. 노력도 안 하고 약한 자는 혐오하지만 오한성은 그 반대였다.


그리고 마침내 7일이 흘렀을 때.

오한성, 그가 살며시 미소를 지었다.

삼재검법이 상승의 경지에 오르자 삼재심법 또한 의념이 아닌 의수 호흡의 단계로 나아갈 수 있었다.

그리고 검의 주변으로 바람이 뒤엉키며 그 흐름마저 읽게 되었을 때, 삼재심법의 마지막 단계인 '의전 호흡', 머리가 아닌 몸으로 하는 지경에 이르게 되었다.

[삼재검법을 대성하였습니다.]

[삼재심법을 대성하였습니다.]

[삼재(三才)를 깨달아 잠재력이 상승했습니다.]


그저 '틀'을 잡으면 기본을 익히는 건 내게 어려운 일이 아니었다. 고작 7일 만에 두 가지 기초를 완벽하게 다지자 놀랍게도 잠재력이 올랐다.

'466.'

본래 461이었던 잠재력이 무려 5나 상승해 있었던 것.

이는 엄청난 변화였다. 460이 넘어가는 상황에서는 단 1의 차이도 무시할 수가 없다. 이는 기초를 더욱 탄탄하게 쌓아, 내가 나아갈 길이 더욱 넓어졌음을 뜻했다.

나는 고개를 돌려 눈앞의 구화린을 바라봤다.

내가 변했듯, 구화린도 변했다.

그녀의 성장 역시도 굉장히 가파른 축이었다.

누가 더 느림의 묘를 잘 살리는지 경쟁하듯 선보였으니, 이제는 찌르고 베는 두 동작을 하는 데 반나절이 흐를 지경이었다.

'심안.'

심안을 열어 구화린을 살폈다. 그녀의 변화 역시도 눈여겨 두고 싶었다.

**이름:** 구화린(value-145,700)

**직업:** 적룡

**칭호:** 없음

**능력치:**

힘 55a 민첩 61s 체력 51a

지능 70a 마력 75s

잠재력 (312/477)

**특이 사항:**

-적혈마검(赤血魔劍)의 계승자입니다.

-삼재(三才)의 틀을 마련했습니다.

**스킬:** 적혈마검(8성), 화룡군림보(7성), 화극심법(8성)


과연 오룡 중 일인이라 해야 할까. 가장 강한 야차 중 하나였으니 능력치도 무시할 수 없었다. 구화랑과 같은 화극심법을 익혔으나 그 외의 것은 모두 달랐다.

그리고 구화린 역시도 삼재심법이나 검법을 익혔지만 스킬란 같은 곳에는 등장하지 않았다. 아마도 기초 중의 기초라서 그런 모양.

다만, 그 영향으로 구화린 역시도 잠재력과 같은 게 조금씩 오르고 있었다. 나보다 적은 수치이긴 했지만 이 짧은 시간 내에 '성장'하고 있는 것이다.

"붙어보지. 단, 순수 검술만으로."

호기가 생겼다. 능력치의 차이는 극명했다. 하지만 구화린이 차크라를 사용하지 않고 오로지 순수 검술로만 붙는다면 꽤 괜찮은 그림이 나올 터였다.

구화린의 입꼬리가 올라갔다. 내가 대련을 신청한 상황이 퍽 웃기는 듯싶었다.

"좋아."

처억!

그녀가 검을 한 차례 털어낸 순간, 기도가 변했다.

살살은 하지 않겠다는 뜻.

바라는 바였다.

나는 잔뜩 긴장한 채로 검을 들었다.


10전 3승 6패 1무!

10번 싸워 여섯 번 졌으며 세 번을 이기고 겨우 한 번의 무승부를 이뤄낼 수 있었다.

6연패 이후 1무, 그리고 3연승을 한 것이라 더욱 값졌다.

삼재검법을 익히느라 절제했을 뿐이지, 내 기본 검술에 대한 실력이 녹슨 건 아니었다. 다만, 대련에서도 삼재검법의 묘리를 적용시키느라 처음에는 고작 30합 정도가 한계였다.

하지만 열 번을 싸운 지금에 이르러선 300합 이상을 나누고 있었으니 구화린도 당황한 표정을 지어 보였다.

특히 3연패를 한 뒤로는 얼굴이 새빨갛게 달아올랐다.

마력과 스킬 등을 사용하지 않은 단순한 검술 실력의 대결이라 하더라도 그녀에게 있어선 자존심에 타격이 가는 일. 그녀의 공격 역시 날이 갈수록 매서워졌다.

하지만 검에 익숙해진 다음부턴 내 등에 날개가 달린 격이었다. 날이 가면 갈수록 구화린과 나의 차이는 조금씩 벌어지고 있었다.

그리고 정확히 10전을 치른 그 날 저녁, 월천이 나를 찾아왔다.

"삼재검법과 심법을 대성하고 '바람의 결'을 얻었구나."

내가 검법을 펼치는 모습을 보고 월천이 작게 탄식했다. 하지만 그뿐이었다. 그는 절대로 칭찬을 하는 법이 없었다.

오히려 그는 표정을 더욱 굳혔다.

"지금부터 태을무극심법의 '씨앗'을 전달할 것이다."

"다른 심법처럼 구결은 없습니까?"

모든 심법서엔 그 심법만의 구결이 있었다. 심법 자체가 마음의 힘을 쌓는 수이니 구결은 그 힘을 고정하여 심어주는 길이라고 보아도 좋았다.

심법의 연마를 위해선 당연히 구결부터 알려줘야 한다.

해서 물었으나 월천은 고개를 내저었다.

"씨앗을 받으면 너만의 구결이 떠오를 것이다. 태을무극 심법은 스스로의 길을 개척한 자만이 이룰 수 있는 힘이니, 100명이 익히면 100가지 결과가 태어난다. 하나 지금이라면 포기해도 좋다."

듣기만 해도 범상치 않았다.

그런데 마지막 말이 걸렸다.

제자로 삼고 방향까지 제시했으면서 이제 와서 포기해도 좋다니?

"이해할 수 없습니다. 삼재를 익힌 건 탈혼무정검과 태을 무극심법 때문이 아니었습니까?"

"삼재는 모든 것의 바탕이 된다. 하나."

월천이 손을 주욱 뻗어 자신의 단전을 가리켰다.

"나는 여태껏 녀석을 억제하고 있는 데 그쳤다. 단전을 파 훼하고 억지로 봉인한 것이다. 하지만 내게서 벗어난 녀석은 너를 지배하고, 자신의 것으로 만들려고 하겠지."

"녀석이요?"

"암령."

피로함이 느껴지는 음성이었다.

그가 이어서 느지막이 입을 열었다.

"포기하려면 지금뿐이다. 놈에게 지배당하게 된다면 나는 너를 죽일 것이기에."

살벌하기 짝이 없는 소리였다.

농은 아니다. 진심이 철철 넘쳤다.

"포기하면 제자 자격도 박탈당하게 되는 겁니까?"

"탈혼무정검과 태을무극심법을 익히지 않을 뿐, 내 제자 임은 여전히 유효하다."

그만큼 씨앗을, 암령을 심는 일이 무척이나 위험하다는 뜻이다.

처음에도 이런 위험성을 언급하긴 했다. 하지만 제대로 알려준 건 이번이 처음이었다.

나는 침을 꿀꺽 삼켰다.

그러나 내 마음은 처음 산을 올라왔을 때와 전혀 달라지지 않았다.

"익히겠습니다."

"지배당한 뒤에는 후회도 할 수 없을 것이다."

"산은 높을수록 넘는 맛이 나더군요."

산이 낮으면 성취감도 적게 마련이었다. 암령, 녀석을 역으로 지배한다. 무엇보다 지배자의 역할은 온전히 나의 것이었다. 지배자가 지배를 당한다니, 그처럼 웃기는 일도 없다.

그러자 월천, 그가 미세하게 웃었다.

"내 눈이 틀리진 않았군."

승천자의 의식에 십이천나한진마저 격파한 게 나다. 월천도 그 끈기와 오기를 보고 나를 제자로 맞이한 게 분명했다.

그가 내게서 바라는 건 하나뿐이었다.

포기하지 않는 것!

"가부좌를 틀고 앉아라. 씨앗을 전달할 것이니."

천천히 가부좌를 틀고 앉았다.

이윽고 월천이 내 등 뒤에 서더니 등과 심장이 이어지는 장소에 손을 포개서 올렸다.

"눈을 감고 마음을 비워라. 절대로 녀석의 말에 귀를 기울여선 안 된다."

후우우!

크게 숨을 들이마시고 내뱉었다.

마음을 비우는 법. 삼재검법과 심법을 익히며 나름 통달한 상태였다. 아마도 그 과정이 없었다면 나는 오랜 시간 제대로 집중하는 법을 잊어버렸을 것이다.

그리고 천천히 월천의 손을 통해 내게 기운이 쏟아지기 시작했다.

쿵!

폭발이 일어나는 것만 같았다. 월천의 기운이 길을 열자 '씨앗'이라 추정되는 것이 집요하게 내면에 들어오고자 하였다.

녀석은 단순한 기운으로 이루어진 존재가 아니었다.

내면. 내 정신에마저 침투하려고 했다.

─멍청한 월천 놈, 이천 년간 나를 가둬두고 이제 와서 방출해?

씨앗은 자아를 가지고 있었다.

녀석의 목소리가 들렸다.

암령. 놈이 분명했다.

─캬하하! 나는 자유다. 이 풋내기의 몸을 차지해 월천을, 대라선을, 세계를 죽이리라!

상상을 초월하는 악의였다.

수천 년, 어쩌면 수만 년간 응집된 한이 내 전신을 속박하려고 들었다.

삐걱.

마치 뼈가 꺾여 나가는 기분.

항거할 수 없는 적이었다. 이대로 가다간 몸의 제어권을 그대로 넘겨줄 터.

하지만 내 안으로 들어온 건 암령뿐만이 아니었다.

「바람은 모든 걸 깎으며 어두움 속에서도 길을 알려주니.」

청아한 목소리. 고통이 사라지며 이내 바람이 불기 시작했다.

─현장(玄奬), 네 이노오오옴! 죽어서도 나를 방해하려 드느냐!!

암령이 발악했다. 하지만 목소리는 끊이질 않았다.

「작은 바람은 태풍이 되어 세상을 휩쓸도다.」

바람은 더욱 강해져 악한 기운을 몰아냈다. 자리를 완전히 잡지 못한 암령은 절벽 끝에 자리하는 것과 다름이 없었다.

-고작 이런 풋내기 놈이 현장의 법령을 깨우쳤다는 건 말도 안 되는 일이다! 말도 안 되는 일이야!

「일망무제(一望無際)의 끝없는 사막조차도 나를 막진 못하였다.」

-일망무제! 이 풋내기 놈이 무한의 개념을 익혔구나! 하지만 얕다. 이 정도로는 나를 영원히 구속할 수 없음이니!

쿠우우우웅!

현장의 법령이라 부르는 선한 기운과 암령의 악한 기운이 서로 부딪혔다. 선한 기운은 이내 암령의 기운을 모두 감싸 버렸다.

-크흐흐흐! 그래 봐야 잠시일 뿐이다. 이 풋내기의 깨달음으로는 기껏 해야 수년! 나는 다시 돌아올 것이다. 그리하여 나를 기만한 천계를 무너뜨릴 것이야!

암령의 목소리가 잠잠해졌다.

그러곤 심장에 각인되듯 새겨지며 조용히 잠들었다.

순식간에 몸이 정상으로 돌아왔고, 나는 무사히 눈을 뜰 수 있었다.

"……성공했군."

월천의 전신은 땀으로 흠뻑 젖은 상태였다. 지방이 모두 연소한 듯 살이 쭈그러들었으며, 수십 년은 더 늙어 보였다.

"괜찮으십니까?"

"나는 개의치 말라. 그보다 암령을 새겼으니 다음은 탈혼무정검을 펼칠 검을 만들어야 한다."

"제가 직접 만들어야 한다는 뜻입니까?"

"그렇다. 직접 만들며 검에 혼을, 암령을 불어넣어야 함이다. 그래야만 제대로 된 탈혼무정검을 펼칠 수 있다."

처음 알게 된 사실이었다.

탈혼무정검과 태을무극심법이 한 쌍인 이유가 이러한 것인 듯싶었다.

월천은 피곤함이 역력한 기색으로 입을 열었다.

"이제 백원후들이 너를 따를 것이다. 원후왕도, 원후제도 함부로 너를 어찌하지 못할 터. 그들에게 재료를 구하고 검을 만드는 법을 배워라."

원후왕과 원후제가 함부로 못 한다?

원후왕이라면 오룡이 아닌 이상 상대가 불가하고, 원후제는 그 오룡조차도 뛰어넘는 백색의 원숭이였다. 본 적은 없지만 감히 백원후들의 왕처럼 군림하고 있는 건 확실했다.

암령을 새긴 자의 특혜와 같은 것일지.

되새겨 보면, 서고에서 백원후들이 월천을 대하는 자세가 지극히 극진했다. 별반 대수롭지 않게 여겼지만 그 힘이 나에게로 전이된 것 같았다.

"그럼 스승님께선……."

"검을 만들거든 나를 찾아오라."

월천이 자리에서 멀어졌다.

건장했던 몸이 지금은 너무나도 왜소해 보였다.

암령을 내게 심어주며 엄청난 심력을 소비한 게 분명했다.

그가 자리를 비운 뒤, 나는 고개를 내려 심장 쪽을 바라봤다.

벌써 요르문간드가 그 주변에 자리를 잡고 있었다.

시이이익.

요르문간드는 매우 맛있는 먹이를 본 것처럼 입맛을 다셨다. 심장 주변을 빙글빙글 돌며 혓바닥을 날름거리는데, 그녀가 이만한 반응을 보인 건 처음이었다.

하지만 정작 심장 근처로 완전하게 다가가진 못했다.

마치 서로가 서로를 밀어내는 것처럼.

'검을 만들라…….'

나는 월천이 했던 말을 다시금 떠올렸다.

검. 나만의 검.

백원후에게 재료를 받고 기술을 배우라고 했지만, 내겐 이미 재료가 준비되어 있었다.

'현철.'

구화랑이 내게 선물한, 아니, 구화린에게 선물할 예정이었던 재료가.

오랜 시간 잠에 들고 자리에서 일어나자 작은 백원후 한 마리가 문 앞에서 대기하고 있었다.

"오늘부터 한성 님을 모시게 된 금송이라 합니다. 편하게 대해주시길."

놀랍게도 작은 백원후는 말을 할 줄 알았다.

아니, 아니다.

그 반대였다.

내가 백원후의 말을 알아듣게 된 것이다.

'허.'

기본적으로 각성자는 모든 언어에 있어서 자동 통역의 기능을 갖는다. 하지만 그렇다고 괴물의 말까지 알아들을 수 있지는 않았다.

이타콰나 놀들의 말을 여전히 알아들을 수 없는 걸 보면, 백원후의 말만을 이해하게 된 듯싶었다.

하물며 눈앞의 금송이라는 백원후.

무척이나 공손했다.

"모시게 되어 지극히 영광입니다. 한성 님, 궁금한 게 많으시겠지만, 한 가지 확실한 건 한성 님께선 모든 백원후를 다스릴 자격을 얻으셨다는 겁니다."

"내가 백원후의 신이라도 되었다는 말인가?"

"편하게 생각하시옵소서."

금송은 별일 아니라는 것처럼 말했다.

내가 백원후의 신이라고 생각한다면 그 역시 틀린 말이 아니라는 듯.

나는 잠시 말문이 막혔다가 헛기침을 내뱉었다.

"대장장이의 기술을 배우고 싶다."

"은후라는 대장장이가 저희 백원후 중에선 최고의 실력을 가지고 있습니다."

"그에게 안내해다오."

"알겠습니다."

금송은 즉시 몸을 돌려 나를 안내하기 시작했다.

그 뒷모습을 보며 나는 형용할 수 없는 기분에 사로잡혔다.

'암령 때문인 것 같긴 한데……'

이 모든 변화의 중심엔 암령이 있었다.

하지만 대관절 암령이 무엇이기에 모든 백원후가 나를 따른단 말인가?

백원후는 괴물보단 '신성한 짐승'으로 취급받는 일이 더욱 많았다. 누구도 따르지 않고, 테이밍조차 거의 불가능한.

혹시나 싶어서 암령에 대해 물었지만 금송은 '감히 입에 담을 수 없다'는 말만 되풀이할 따름이었다.

암령의 이름을 입에 담는 것 자체가 금기시되어 있는 태도라 내 의문은 점점 커질 수밖에 없었다.

# 19장
## 검을 만들다(1)

　과거에도 여러 공방을 많이 봐왔지만 그중에서도 이곳은 감히 압도적이라고 표현할 수 있을 것 같았다.

　족히 50마리는 되는 근육질의 백원후가 몇 개의 화로를 앞에 둔 채로 망치질 등을 하며 각종 장비를 만드는 중이었다.

　그리고 금송은 거만한 발걸음으로 대장간의 입구에 발을 들였다.

　"이놈들, 우리의 새로운 주령께서 오셨다. 냉큼 무릎을 꿇지 않고 뭐하느냐?"

　백원후들이 천천히 고개를 돌렸다.

　처음엔 금송을 바라보다가 이내 나를 주시하더니, 벌떡 자리에서 일어나선 속속들이 모여들기 시작했다.

"주령(主令)님을 뵙습니다."

"새로운 주령님을 뵙습니다."

자리에 앉아 양손을 바닥에 내려놓곤 천천히 고개를 숙였다. 백원후들이 예의를 차리는 방식이다.

주령. 주인을 높여 부르는 말이다. 극존칭이라 할 수 있었다.

신기한 일이었다.

별다른 태도를 취하지 않았음에도 백원후들은 나를 알아보는 것 같았다.

금송은 더욱 코가 높아져선 계속해서 말했다.

"은후 있느냐?"

"……여기 있소."

흰 수염이 덥수룩한 백원후였다. 이곳에 모인 백원후 중에서 가장 나이가 있어 보였다. 하지만 그 섬세한 근육은 나이를 먹었음에도 전혀 죽지 않았다.

단순한 크기로는 이곳에서 제일이었고, 능히 원후왕에 비견할 수 있을 듯했다.

"우리의 주령께서 대장장이 기술을 배우고 싶어 하신다. 이곳의 최고 실력자가 은후 너이니 최선을 다해 가르쳐 드려야 할 것이야."

"나는 주령이라고 하여 가볍게 가르치지 않소. 다른 녀석을 알아보시오."

은후라 불린 백원후는 꽤 강단이 있었다.

그러나 금송도 쉬이 물러서진 않았다.

"이놈, 은후야. 원후제께서 네놈을 키우셨던 은혜를 잊었느냐? 하물며 우리 백원후들은 주령을 대들보처럼 여기며 따라야 한다는 율법 또한 잊었느냐?"

"원후제의 은혜는 잊지 않았소. 다만 나는 가르치는 데 소질이 없으니 다른 녀석을 알아보라는 말이오. 이곳엔 실력 좋은 대장장이가 많으니까."

"아무리 좋다 한들 은후 너만 할까?"

"나는…… 일도 밀렸소. 절세 가문들의 어른들과 나찰들께서 주문하신 것들을 다 해결하려면 족히 20년은 망치만 두드려야 하오."

"그들 역시 주령의 명이라 하면 이해할 것이다. 아무렴."

금송은 크기는 작았지만 거대한 은후를 거세게 압박하고 있었다. 은후는 오만상을 찌푸렸다. 하기 싫다는 티가 역력했다.

이대로는 평행선을 탈 것이다. 이쯤해서 당사자인 내가 나서야 했다.

"나는 괜찮다. 가르침은 최선을 다해야 한다는 그 뜻에 공감한다."

"주령님, 정말로 괜찮겠습니까?"

"최고 실력의 대장장이에게 가르침을 받는다는 것 자체가 고마운 일이다. 장인의 고집은 누구든 꺾을 수 없다는 것도 이해하고 있다."

장인은 고집이 있다. 그들만의 선이 있기에 장인이 될 수 있었던 것이다. 그 고집을 꺾게 만들려면 단순한 지위로는 안 된다.

오히려 고마운 일이었다.

심안으로 살핀 결과 은후가 '일반적인 장인'의 틀조차 벗어난 존재임을 알 수 있었기 때문이다.

'대장장이 스킬의 레벨이 9……!'

미친! 소리가 절로 나올 뻔했다.

다른 건 볼 필요가 없었다. 대장장이 스킬의 레벨이 9에 달해 있었다. 이는 내가 만난 어떠한 장인도 넘지 못한 벽이었다.

무언가를 만드는 데 도가 텄다는 드워프들조차 7레벨을 넘는 이가 거의 없었다. 그저 이야기로만, 전설처럼 들렸던 드워프킹 정도는 되어야 9레벨의 대장장이 스킬을 지녔을 터였다.

전문 스킬이라는 게 그렇다. 레벨을 올리기가 무척이나 까다롭다. 대장장이 스킬은 6레벨만 넘어도 충분히 '장인' 소리를 들었으니.

은후, 그는 고집을 피울 자격이 있었다. 오히려 내가 가서 무릎을 꿇고 청해도 부족한 판국이었다.

"크흠…… 나는 정말로 가차 없소만."

은후가 못 미덥다는 눈빛으로 나를 바라봤다.

나는 작게 미소 지었다.

"사정없이 다뤄주면 나도 고맙다. 나를 지치게 해서 떨어지게 만들려거든 그쪽도 엄청나게 노력해야 할 것이다."

"그렇게까지 말한다면, 알겠소."

은후가 고개를 끄덕였다.

나는 내심 만세를 외쳤다.

저만한 장인에게 직접 제조 스킬을 배운다? 정말로 하늘이 내려준 기회와 같았다.


다음 날부터 내 일과는 크게 바뀌었다.

새벽녘에는 구화린과 검술을 나누고, 아침부터 저녁까진 대장장이의 기술을 배우는 데 온 정신을 기울였다.

수습생들이 하는 궂은일도 마다하지 않았다. 물을 길어 오고 단순한 풀무질을 무한하게 반복하는 일조차도 나는 웃으며 했다.

은후, 그 커다란 백원후는 내가 지쳐서 제풀에 꺾이길 바라고 있는 듯했지만 나는 기회가 오면 결코 놓치지 않는 유형의 사람이었다.

그 외에도 변화는 또 있었다.

간혹 연무장을 찾을 때면, 백원후들이 나를 상대하는 걸 꺼려했던 것이다.

"주령님과 주먹을 맞댈 수는 없습니다."

"아이고! 안 됩니다, 안 돼."

그들은 손사래를 치며 자리에서 물러났다.

그 모습이 남은 야차들 사이에선 제법 화자가 되기도 하였다.

"왜 백원후들이 검은 야차를 피하는 거지?"

"심지어 원후왕도 깍듯이 대하는군."

"그 오만하던 원후왕이……."

"그런데 검은 야차는 백원후랑 대화를 할 수 있는 건가?"

다들 놀라기는 매한가지였다. 결국 백원후들과의 대련은 불가할 수밖에 없었는데, 그 대신이라고 해도 좋을 정도로 많은 야차가 나에게 출사표를 던졌다.

"검은 야차! 대련을 청한다. 나는 나른한 숲 출신의 야차 '이광'이다."

"대련을 신청한다. 나는 돌말이 산의 야차 '영호선'이다."

"월천의 제자가 되었다지? 그렇다면 내 검을 받을 자격이 충분하다. 나는……."

야차가 대련을 청한다는 건 상대를 '인정'했을 경우에 한한다.

그런데 하루에 못해도 다섯 명은 찾아오는 것 같았다. 내가 어디에 있는지 귀신같이 알아차리곤 대련을 하길 바랐는데, 대부분이 평균 정도의 야차인지라 상대하기가 어렵진 않았다.

능력치의 합 자체는 나와 비슷하거나 낮았던 탓이다.

특히 백보신권이 아닌 검으로 상대했기에 더욱 쉬웠다.


[야차 '한 명'을 이겼습니다.]

[검은 야차의 인(印)이 빛을 발합니다.]

[상대의 능력치 중 '체력'을 0.05 빼앗아 옵니다.]

[대상은 중첩되지 않습니다.]

[잠재력의 범위를 넘어서는 능력치의 흡수는 불가능합니다.]

[누적 능력치는 1단위로 상태창에 반영됩니다.]

[누적된 능력치 현황 - 힘(0.1), 민첩(0.45), 체력(0.4), 지능(0.2), 마력(0.2)]

[적용된 능력치 현황 - 힘(1), 민첩(1)]


대략 70명 정도를 꺾었을 때 힘과 민첩을 각각 1씩 획득할 수 있었다. 말 그대로 획득이었다. 그들의 능력치 극소수를 뺏어 와 조금씩 적립하듯 쌓아서 챙긴 것이니 말이다.

그들 모두를 이기자 나에 대한 인식, 여론 등은 확실하게 바뀌었다.

그 이후로는 야차들이 나를 찾는 횟수가 급격히 줄어들었다. 대부분이 나찰각을 떠났기도 했고, 무엇보다 나를 실력자로 인정했기 때문이다.

그리고…….

"너 뭐야! 뭔데 계속 이기는 거야!"

그런 나와의 대련을 포기하지 않는 자는 구화린, 그녀뿐이었다.

그녀는 끝내 노성을 터뜨렸다.

약골, 자신의 밑에 있다고 생각한 내가 연달아 대련을 이기자 화가 머리끝까지 치솟은 것이다.

3연승 이후로 나는 한 번도 구화린과 검을 섞으며 지지 않았다. 그녀는 분명히 검의 천재였으나 실전 경험이 부족했고, 반대로 나는 경험만큼은 누구보다도 풍부한 상태였으므로.

검을 쥐면 공격성이 폭주하는 탓에 인정사정 봐주지 않았다. 덕분에 구화린의 옷은 매번 넝마와 같이 변하기 일쑤였다.

구화린은 넝마가 되어 속살이 비치는 걸 아랑곳하지 않았다. 대신 믿기지 않는다는 눈초리로 쏘아볼 뿐이었다.

"여태까지 실력을 숨기고 있었구나. 본신의 능력은 권이 아닌 검에 있었어!"

"부정은 안 하마."

"이래선 적룡의 체면이 안 서. 내가 검으로 지다니……."

구화린이 입술을 깨물었다. 적어도 검술에 있어선 제법 자신이 있었던 모양. 하지만 순수 검술로 나에게 연달아 패배하자 안달이 나 있는 상태였다.

"이래선……."

하지만 화의 대상은 나에게 있는 게 아는 것 같았다.

자학에 가까웠다. 나는 그녀가 저런 태도를 보이는 이유를 알았다.

그녀는 오룡 중에서도 말단이었고, 벽을 넘지 못해 항상 쫓기는 느낌을 주고 있었다.

성흔 쟁탈전이 내년으로 미뤄졌다고는 하나 이대로는 결과를 바꿀 수 없다. 그런데 나라는 존재 앞에서 막혀 버리자 앞이 막막해진 것이다.

"너는 강하다. 자부심을 가져도 될 정도로."

"내가 강하다고? 날 더 비참하게 말들 셈이라면 성공했네."

"차크라와 기술 모두를 사용했다면 나 역시 힘들었을 거다."

"그래선 의미가 없어. 설령 전력으로 싸운다고 하더라도 나는 이미……."

이겨놓고 이런 말을 하는 것 자체가 그녀를 비참하게 만드는 일이었다. 하지만 나는 틀린 말은 한 게 아니었다.

구화린은 한숨을 내쉬었다. 이미 그녀는 자신감을 잃었다. 전력으로 싸워도 나를 이길 거란 자신감을 말이다. 차마 입에 담지 못했으나 말하지 않아도 알 수 있었다.

"월천 님의 제자가 되고, 은후가 너의 검을 제작하고 있다는 소문을 들었어. 알지 모르겠지만 은후에게 검의 제작을 부탁하려면 나 같은 일개 야차는 20년 이상을 기다려야 돼. 그조차도 확실하지 않아. 어쩌면 50년이 될 수도, 100년이 될 수도 있다는 말이야."

검을 만드는 건 내가 할 역할이었지만 은후의 가르침을 받긴 받았다. 여기서 괜히 말을 더 꺼내봤자 불에 기름을 붓는 격일 것 같아 조용히 있자 구화린이 이어서 말했다.

"오한성, 너는 계속해서 강해질 거야. 어쩌면 오룡의 자리에 나 대신 네가 들어갈 수도 있을 거고. 십이천의 제자, 은후의 검, 거기다 재능과 노력까지 겸비했으니까. 나를 완전히 넘어서는 것도 머지않아 가능하겠지. 너를 통해 내게 부족한 점을 알고 싶었지만…… 보면 볼수록 박탈감밖에 안 들어."

열등감.

구화린은 나를 보며 그것을 느끼고 있었다.

한때는 천재라고 떠받들어졌으나 내 앞에 서자 초라해진 것이다.

이런 경험, 나도 있었다.

진정한 천재들을 발견했을 때.

그들을 따라갈 수 없다고 확신하며 좌절했을 때.

설마 내가 누군가에게 이런 느낌을 주리라곤 상상도 못 했지만.

'그녀도 나와 같다.'

그래서 구화린은 자학을 하는 중이었다. 열등감을 느끼는 자신이 싫어서, 그것을 표현해야만 하는 지금의 상황이 마음에 들지 않아서. 그렇다고 감추는 것도 마땅치 않아서.

솔직하게 나를 향해 털어놓고 있는 것만 해도 대단한 것이었다.

"처음엔 너를 약골이라고 생각했어. 정정하고 인정할게. 내가 보는 눈이 없었다는 걸. 돕겠다고 했지만 이 상태로는 힘들 것 같아. 옆에 있으면 있을수록 나는 너를 시기하고 질투할 테니까."

직설적이지만 진심이 섞여 있었다.

그녀는 내 옆에 오래 있으면 있을수록 자신이 작아질 것이라고 확신하고 있었다.

그러나 그런 상태에선 발전도 없었다.

스스로의 발전을 위해 구화린은 나와 멀어지는 길을 택했다. 그것만이 자존감을 지키고 박탈감을 느끼지 않는 유일한 길이라고 판단한 것이다.

'내가 이런 자리에 서게 될 줄이야.'

그녀는 천재다. 경험이 쌓이면 대단한 검사가 될 것이다. 잠재력 477이란 상상을 초월하는 수치도 그녀의 천재성을 말해주고 있었다.

나는 다만, 겪은 경험과 시간이 많았을 따름이다. 이곳에서 진정한 검술의 체계를 맛보고 이전의 경험과 결합하여 빠르게 흡수하고 있을 뿐이었다.

이레귤러. 게임으로 따지면 버그 같은 존재였으니 이런 식으로 박탈감을 줄 수도 있음을 깨닫게 되었다.

이윽고 구화린이 고개를 숙였다.

"미안해. 그러니까 1년 뒤에…… 그때 보자. 그때는 안 질 거야."

"잠깐."

이대로 가면 곤란하다. 그녀는 나찰각을 내려갈 심산이었다.

자존심 강한 구화린이 고개를 숙였다는 것 자체가 놀라운 일이지만, 내겐 아직 그녀에게 전해 줘야 할 게 있었다.

우뚝 몸을 세운 구화린에게 급히 품을 뒤져 목각함 하나를 꺼낸 후 넘겼다.

"받아라."

"이건?"

"나중에 나찰각을 벗어나면 열어봐라. 너에게 반드시 필요한 것일 테니."

"이별 선물까지 준비해 준 거야?"

피식 웃은 구화린이 목각함을 품에 넣었다.

"고마워. 내려갈 때 꼭 열어볼게."

"구화랑도 지금의 너를 자랑스러워할 것이다."

"……? 그 바보 이야기는 왜 꺼내는 거야?"

사실은 구화린이 얼마나 구화랑을 좋아했는지 그간 알게 됐다. 그 바보라고 무시하고 대아귀 따위에게 잡혔냐며 쓴소리를 내뱉었지만. 그녀는 암흑인들의 침략이 있었던 뒤로 구화랑의 이름이 적힌 패를 항상 품에 지니고 다녔다.

그리고 간혹 대련을 하다가 쉴 때가 되면 패를 조심스럽게 꺼내곤 양손으로 꾹 쥔 채로 조용히 말을 걸던 걸 몇 번이나 보았다.

'천년독각사의 내단이면 다른 오룡을 따라잡기에 충분할 터.'

지난 시간 동안 새벽 몰래 화련대의 지하로 통하는 길을 알아봤고, 바로 움직여서 천년독각사의 내단과 현철을 이미 빼돌린 상황이었다.

　본래 그 두 가지는 그녀의 것이다. 구화랑이 구화린을 위해 남겨둔 것이었다.

to be continued

# SUPER ACE
## 슈퍼에이스

예성 장편소설

야구 선수의 프로 계약금이 내 꿈을 정했다.

"왜 야구가 하고 싶니?"

"돈을 벌고 싶어요!
집을 살 수 있을 만큼!"

시작은 돈을 벌기 위해서였다.
하지만 이제는 꿈의 그라운드를 위해서
메이저리그 명예의 전당을 노린다!

Wis Book

# 스킬의 제왕

이형석 퓨전 판타지 장편소설

인간군 검병2부대 소속, 강무열.
과거로 돌아오다.

검과 마법, 그리고 정령까지.
인류가 염원하는 그 힘을 얻을 방법이 내 기억 속에 남아 있다.
미래의 스킬을 아는 자.

후회의 전생을 딛고 신의 땅에서
인류의 멸망을 막기 위해
제왕이 되고자 일어서다!

"이제 내가 권좌에 오르겠다."

Wish Books

# 뜨겁게 던져라

세상S 장편소설

프로야구 역사상 최악의 먹튀 강동원.
은퇴 후 마지막 기회가 주어진다.

그러나.
트라이아웃에 참가하기 위해
서울로 향하던 강동원은
불의의 사고를 당하고 마는데…….

눈을 떠보니 2015년 봉황기 준결승전?

꼬인 실타래를 바로잡고 오랜 꿈이던 메이저리그로!

'제2의 최동원이라고? 노노!
난 메이저리그 에이스 강동원이야!'

지갑송 퓨전 판타지 장편소설

# 레벨 업 하는 몬스터

Wis Book

[특성개화 100% 완료]

시스템 활성화
특성 개화로 인하여 종족 변경:
인간 ➡ 몬스터

인간과 몬스터가 공존하는 현대.
갑작스런 특성의 개화.
기사도 사냥꾼도 아닌 몬스터로 종족이 변했다!
더 이상 인간으로 생활이 불가능한 상황!

"도대체 뭘 어떻게 하면 되냐고!"

처절하게 레벨을 올려야
사람으로 살 수 있다!